Montanha-Russa

Crônicas

Livros da autora publicados pela **L&PM** EDITORES

Cartas extraviadas e outros poemas (**L&PM** POCKET)
Coisas da vida (**L&PM** POCKET)
Doidas e santas
Feliz por nada
A graça da coisa
Meia-noite e um quarto
Montanha-russa (**L&PM** POCKET)
Noite em claro (**L&PM** POCKET)
Non-Stop (**L&PM** POCKET)
Poesia reunida (**L&PM** POCKET)
Topless (**L&PM** POCKET)
Trem-bala (**L&PM** POCKET)
Um lugar na janela – relatos de viagem

Martha Medeiros

MONTANHA-RUSSA

Crônicas

www.lpm.com.br

L&PM POCKET

Coleção **L&PM** POCKET, vol. 814

Texto de acordo com a nova ortografia.
Este livro foi publicado pela L&PM Editores em primeira edição, em formato 14x21cm, em 2003
As crônicas reunidas neste livro foram publicadas no jornal Zero Hora e no site Almas Gêmeas entre setembro de 2001 e agosto de 2003, com exceção de "Felicidade realista", publicada em janeiro de 2001.
Primeira edição na Coleção **L&PM** POCKET: agosto de 2009
Esta reimpressão: fevereiro de 2014

Capa: Marco Cena
Foto da capa: Banco de imagens Stock Photos
Revisão: Renato Deitos, Jó Saldanha e Flávio Dotti Cesa

CIP-Brasil. Catalogação na Fonte
Sindicato Nacional dos Editores de Livros, RJ

Medeiros, Martha, 1961-
   Montanha-russa: crônicas / Martha Medeiros. – Porto Alegre, RS: L&PM, 2014.
   224p. – (Coleção L&PM POCKET; v. 814)

ISBN 978-85-254-1928-6

1. Crônica brasileira. I. Título. II. Série

09-3740.	CDD: 869.98
	CDU: 821.134.3(81)-8

© Martha Medeiros, 2003

Todos os direitos desta edição reservados a L&PM Editores
Rua Comendador Coruja, 314, loja 9 – Floresta – 90.220-180
Porto Alegre – RS – Brasil / Fone: 51.3225.5777 – Fax: 51.3221.5380

Pedidos & Depto. Comercial: vendas@lpm.com.br
Fale conosco: info@lpm.com.br
www.lpm.com.br

Impresso no Brasil
Verão de 2014

Sumário

O calor e o frio dos outros 9
Ilustríssimos 11
A beleza que não se repara 13
O grito 16
Quindins na portaria 18
A idade do dane-se 20
Felizes para sempre 22
As torres de dentro 24
Borboletas 26
Brincando de sofrer 28
Tirania familiar 30
Homens e cães 32
Bola fora 34
O chato 36
Nossos velhos 38
Comunhão de segredos 40
Deixar rolar 42
Falta demônio 44
A idade da água quente 46
Desejo e solidão 48
O mal é contagioso 50
Do mês que vem não passa 52
Felicidade realista 54

- Tatuagens forever 56
- Falhas 58
- Far away 60
- Homens de bandeja 62
- Espíritos famintos 64
- Exageros 66
- Felizes e cheios de problemas 68
- Três haicais de Benedetti 70
- Imunidade sexual 72
- Janela da alma 74
- Mitos 76
- Salvem as vogais 79
- Ainda sobre as mães 81
- Mesmo assim 84
- Meu candidato a presidente 86
- A nostalgia dos mitos 88
- Montanha-russa 90
- Mulheres que amam de menos 92
- Dia e noite 94
- O blusão 96
- A Playboy de Amyr Klink 98
- O riso e a tosse 100
- Os inimigos da verdade 102
- Porque sim 104
- Pregos 106
- O centro das atenções 108
- Preserve sua natureza 110
- Promessas matrimoniais 112
- Sabor de arco-íris 114
- Sacanagem 116
- Sentimentos indecisos 118

Ser capaz 120
Algo loco 122
Supergaúcha 124
Um trago para a rainha 127
Aprendendo a desaprender 129
DNA 131
Urgência emocional 133
A porta do lado 135
Andróginos 137
Cineminha feminino 139
Casamento pega 141
Aos olhos dos outros 143
12 de outubro, Dia da Criança 145
Estar só 147
Patchwork 149
Relações de fé 151
Podres de ricos 153
Desejo que desejes 155
Secretárias eletrônicas 157
Amiguinhas-da-onça 159
Como fazer uma vida 162
Infidelidade 164
Querer mesmo 166
Sala de espera 168
O que os outros vão pensar? 171
My sweet George 173
Big Mother 175
Ciúme das coisas 177
Frases que não servem pra nada 180
Monogamia 182
Feliz ano-novo 184

Saindo do armário 186
O caso dos dez negrinhos 188
Eureka! 190
Sex and the City 192
Noivos 194
Filosofar em português 196
Por que precisamos de alguém 198
Bruta flor do querer 200
Todo dia, a gente mesmo 202
Repouso 204
O novo 206
Nada é vexame 208
Reuniões pra quê? 210
Jeitos de amar 212
Coisa com coisa 214

Sobre a autora 216

O calor e o frio dos outros

Mantenho correspondência por e-mail com algumas pessoas que moram fora de Porto Alegre e fora do Brasil. Não há um único e-mail, de ida ou de volta, em que não se fale rapidamente do tempo. "Aqui está um calor dos infernos." "Pois aqui choveu o dia inteiro e refrescou."

Uma conversa mundana que eu achava típica de pessoas mundanas como eu, mas quando li o livro que traz as cartas que Clarice Lispector trocava com alguns de seus amigos, reparei que 90% delas também continham observações meteorológicas. Por mais filosófico ou intelectual que fosse o teor da carta, sempre havia um momento para falar do sol ou do nublado lá fora.

Fico pensando o que significa isso. Que me importa se em Paris está chovendo ou se no Rio faz 42 graus à sombra, já que não estou de passagem marcada para lá? O que importa para meus amigos forasteiros se em Porto Alegre choveu muito em 2002? Todos os dias chove ou faz sol, está frio ou quente, úmido ou seco, e a cada manhã isso nos parece um fenômeno sobrenatural e espantoso.

Creio que compartilhar as condições climáticas do lugar em que se está é um recurso de aproximação.

É uma maneira de nos situar geograficamente, de preparar um cenário "visível" para quem não está nos enxergando. Lá no hemisfério norte a pessoa está encarangada, congelada, e no entanto pode nos imaginar bronzeadas e suando, vestindo uma leve blusinha de alças. E talvez seja também uma maneira de justificar nosso humor: temos nossas próprias variações de temperatura, somos pessoas nubladas ou ensolaradas, gélidas ou quentes. A meteorologia nos influencia tanto quanto a posição dos astros, e se não estamos muito pra conversa, vai ver é porque tem uma ventania lá fora que está perturbando por dentro também.

Não sei se você está lendo este texto na beira da praia ou embrulhado num cobertor. Não sei onde você está. Não sei se há um temporal se armando ou se está um daqueles dias cinzentos que provocam melancolia na gente. Se eu soubesse, talvez soubesse um pouco de você. É um mistério que a natureza não explica: nossa necessidade de localizar o outro climaticamente. Relutamos em perguntar: você está deprimido hoje? chorando muito? com vontade de cometer uma loucura? com saudades de alguém? Em vez disso, é tão mais fácil: como é que está o tempo aí?

Aqui, agora, chove, mas acho que vai abrir.

Ilustríssimos

Sua família sempre lhe chamou de Guto, tanto que você já nem lembra que nome realmente tem. É Guto pra lá e pra cá. Guto no jardim de infância, Guto no colégio, Guto no clube. Você tem todos os motivos, portanto, para ficar lívido e com as pernas bambas quando sua mãe grita lá do quarto: "Ricardo Augusto, venha já aqui". Ricardo Augusto??? Alguma você aprontou.

Por que cargas d'água somos tratados tão respeitosamente quando alguém está com vontade de nos enforcar? Sua mulher sempre lhe chamou de Beto: só lhe chama de Valter Alberto quando está a ponto de pedir o divórcio. E seu pai só lhe chama de Ana Beatriz quando avisa que a mesada será cortada. Por que cortar a mesada da sua Aninha, papai? A senhora sabe muito bem. Você acaba de virar senhora com 14 anos.

Recebo um monte de e-mails carinhosos que começam com um simples Martha, ou Cara Martha, ou Prezada Martha, uma intimidade natural, já que de certo modo participo da vida das pessoas através do jornal. Mas quando entra um e-mail intitulado Dona Martha, valha-me Jesus Cristo. Respiro fundo porque já sei que vão me detonar de cima a baixo, vão me chamar das coisas mais horríveis, vão me humilhar até me reduzirem a pó. Mas leio tudo, pois lá no finalzinho encontrarei o infalível "Cordialmente, fulano". Cordialmente é ótimo. Cordialmente, fui esculhambada.

E quando chega uma correspondência pra você em que no envelope está escrito "Ilustríssima"? Penso três mil vezes antes de abrir. Mas abro, mesmo sabendo que não é convite pra festa, pré-estreia de filme, desfile de moda, sessão de autógrafos ou inauguração de restaurante. Ilustríssima? Só pode ser convite pra palestra de algum Ph.D. em física quântica, pra comemoração do bicentenário de uma loja de molduras ou convocação para reunião de condomínio. Os ilustríssimos não merecem se divertir.

Agora, pânico mesmo, só quando me chamam de Vossa Excelência. Como não sou o Presidente da República, volto a pensar três mil vezes antes de abrir a correspondência, mas não abro coisa nenhuma. Só pode ser do Judiciário. Intimação pra depor.

A beleza que não se repara

Dizem que a preferência nacional mudou: agora o mulherio tem que se preocupar em colocar dentro do sutiã dois exocets que podem até matar, com um movimento brusco, um homem descuidado. Tá legal, estou dando uma de despeitada, mas é que acho engraçado o seio feminino ter entrado na moda como se fosse uma pulseira de miçangas: virou mais um acessório de verão.

Desde que começou essa patrulha pelo corpo perfeito, as mulheres não fazem outra coisa a não ser pensar em suas bundas e peitos, como se isso bastasse para dar a elas passe livre no mundo das lindas. No entanto, o corpo humano é feito de outros pedaços, outros recantos que são tão ou mais importantes que os objetos do desejo consagrados pela opinião pública. A mulher destaca-se é no imperceptível.

Tornozelos, por exemplo. Que mulher vai marcar consulta no Pitanguy para afinar seu tornozelo? Pois deveria. Tornozelo grosso é o nosso inimigo número 1. Não há sandália Gucci que disfarce. A mulher fica com passo de elefantinho. Duas toras acabam com a graça de qualquer caminhar.

Ombros. Alguém entra na faca para modelá-los? Deveria, de novo. Nada é mais bonito do que o formato cabide. A omoplata bem visível. Ombro caído só fica charmoso nas musas de Modigliani. Louvado seja o ângulo reto com o pescoço.

Postura. Costas retas e queixo erguido. Básico do básico. Corrige-se em casa mesmo. Mulheres corcundas carregam o mundo nas costas e dão a impressão de não estar à vontade onde estão.

Dentes. Visitas periódicas ao dentista, escovação no mínimo três vezes ao dia e fio dental onde ele realmente deve ser usado, entre os incisivos, caninos, pré-molares e molares. Não adianta ter a boca da Julia Roberts se lá dentro as coisas andam de dar medo. Diga giz e seja feliz.

Cabelos. Uma pesquisa realizada pela Universidade de Yale revelou que nossas melenas são determinantes para a manutenção do humor e da autoestima, e me admiro deles terem investido tempo e dinheiro para descobrir algo que todo mundo sabe: cabelo reina. Podemos ter sobrancelha rala, orelhas de abano, o olhar levemente estrábico, o nariz adunco: com um cabelo bem-tratado, o resto é coadjuvação.

Não há nada de errado em lipoaspirar culotes e encomendar seios novos na clínica da esquina, mas que não se faça isso apenas por impulso do erotismo. Mulher não é boneca inflável, não foi feita só para o sexo. Vai parecer insanidade, e talvez seja, mas acho que ser elegante vale mais do que ser gostosa:

todas temos no próprio corpo algo que é clássico e é nosso. É só valorizar e lançar como tendência para o próximo verão.

O grito

Não sei o que está acontecendo comigo, diz a paciente para o psiquiatra.

Ela sabe.

Não sei se gosto mesmo da minha namorada, diz um amigo para outro.

Ele sabe.

Não sei se quero continuar com a vida que tenho, pensamos em silêncio.

Sabemos, sim.

Sabemos tudo o que sentimos porque algo dentro de nós grita. Tentamos abafar esse grito com conversas tolas, elucubrações, esoterismo, leituras dinâmicas, namoros virtuais, mas não importa o método que iremos utilizar para procurar uma verdade que se encaixe nos nossos planos: será infrutífero. A verdade já está dentro, a verdade impõe-se, fala mais alto que nós, ela grita.

Sabemos se amamos ou não alguém, mesmo que esteja escrito que é um amor que não serve, que nos rejeita, um amor que não vai resultar em nada. Costumamos desviar este amor para outro amor, um amor aceitável, fácil, sereno. Podemos dar todas as provas ao mundo de que não amamos uma pessoa e amamos outra, mas sabemos, lá dentro, quem é que está no controle.

A verdade grita. Provoca febres, salta aos olhos, desenvolve úlceras. Nosso corpo é a casa da verdade, lá de dentro vêm todas as informações que passarão por uma triagem particular: algumas verdades a gente deixa sair, outras a gente aprisiona. Mas a verdade é só uma: ninguém tem dúvida sobre si mesmo.

Podemos passar anos nos dedicando a um emprego sabendo que ele não nos trará recompensa emocional. Podemos conviver com uma pessoa mesmo sabendo que ela não merece confiança. Fazemos essas escolhas por serem as mais sensatas ou práticas, mas nem sempre elas estão de acordo com os gritos de dentro, aquelas vozes que dizem: vá por este caminho, se preferir, mas você nasceu para o caminho oposto. Até mesmo a felicidade, tão propagada, pode ser uma opção contrária ao que intimamente desejamos. Você cumpre o ritual todinho, faz tudo como o esperado e é feliz, puxa, como é feliz. E o grito lá dentro: mas você não queria ser feliz, queria viver!

Eu não sei se teria coragem de jogar tudo para o alto.

Sabe.

Eu não sei por que sou assim.

Sabe.

Quindins na portaria

Estava lendo o livro de Paulo Hecker Filho, *Fidelidades*, onde, numa de suas prosas poéticas, ele conta que, antigamente, deixava bilhetes, livros e quindins na portaria do prédio de Mario Quintana "para estar ao lado sem pesar com a presença". Há outras histórias e poemas interessantes no livro, mas me detive nessa frase porque não pesar os outros com nossa presença é um raro estalo de sensibilidade.

Para a maioria das pessoas, isso que chamo de um raro estalo de sensibilidade tem outro nome: frescura. Afinal, todo mundo gosta de carinho, todo mundo quer ser visitado, ninguém pesa com sua presença num mundo já tão individualista e solitário.

Ah, pesa. Até mesmo uma relação íntima exige certos cuidados. Eu bato na porta antes de entrar no quarto das minhas filhas e no meu próprio quarto, se sei que está ocupado. Eu pergunto para minha mãe se ela está livre antes de prosseguir com uma conversa por telefone. Eu não faço visitas inesperadas a ninguém, a não ser em caso de urgência, mas até minhas urgências tive a sorte de que fossem delicadas.

Pessoas não ficam sentadas em seus sofás aguardando a chegada do Messias, o que dirá a do vizinho.

Pessoas estão jantando. Pessoas estão preocupadas. Pessoas estão com o seu blusão preferido, aquele meio sujo e rasgado, que elas só usam quando ninguém está vendo. Pessoas estão chorando. Pessoas estão assistindo a seu programa de tevê favorito. Pessoas estão se amando. Avise que está a caminho.

Frescura, jura? Então tá, frescura, que seja. Adoro e-mails justamente porque são sempre bem-vindos, e posso retribuí-los sabendo que nada interromperei do lado de lá. Sem falar que encurtam o caminho para a intimidade. Dizemos pelo computador coisas que face a face seriam mais trabalhosas. Por não ser ao vivo, perde o caráter afetivo?

Nem se discute que o encontro é sagrado. Mas é possível estar ao lado de quem a gente gosta por outros meios. Quando leio um livro indicado por uma amiga, fico mais próxima dela. Quando mando flores, vou junto com o cartão. Já visitei um pequeno lugarejo só para sentir o impacto que uma pessoa querida havia sentido, anos antes. Também é estar junto.

Sendo assim, bilhetes, livros e quindins na portaria não é distância: é só um outro tipo de abraço.

A idade do dane-se

"Coitada da perereca dela/é tão bela/é tão bela/coitado do meu passarinho/tão sozinho/tão sozinho..." Essa é a letra de uma música que eu escutei pela primeira vez num show a que assisti duas semanas atrás. Não foi num espetáculo caipira, ou erótico, ou infantil. Foi no show do big boss da tropicália, Caetano Veloso.

Se envelhecer traz algum benefício, este é um dos poucos: não precisar provar mais nada pra ninguém. Eu sei, eu sei que Caetano não é uma unanimidade, tem gente que torce o nariz para ele, mas que torçam. Caetano pode cantar até Baba Baby que vai parecer uma ópera de tão lindo. Tendenciosa, eu? Mais que tendenciosa. Absolutamente rendida.

Poucas pessoas chegam numa etapa da vida com tantos serviços prestados como ele. Poucos podem abrir mão de submeter-se aos índices de audiência, ao gosto padrão, às exigências de mercado, à opinião pública. São meia dúzia de seres acima do bem e do mal, que já deram seu recado e que podem fazer unicamente o que estão a fim, na hora e da maneira que bem entenderem. Quem não celebra isso?

Caetano está em atividade desde que saiu da adolescência. Cantou de tudo. Compôs de tudo. Opinou sobre tudo. Escreveu um livro, fez um filme. Ficou mais bonito com o tempo. Mantém-se ativo e criativo. E cada vez mais generoso, homenageando amigos e parceiros. Já esteve em todos os palcos do mundo, já concordou e discordou, já conquistou prêmios e desafetos, e está com 60 anos nas costas. Dane-se a crítica, danem-se os caretas. Ele pode cantar "coitada da perereca dela" e mandar uma banana para os mal-humorados.

Outro exemplo, rapidinho: Woody Allen. Escreve e dirige um filme por ano desde sei lá quando. Trabalhou com todos os atores que quis, também já ganhou prêmios e desafetos, e não tem 60, e sim 67 anos nas costas. Seus filmes não andam tão bons? Concordo, se compararmos com ele mesmo, anos atrás. Seguem, no entanto, sendo melhores do que a maioria dos filmes atuais. Ele não decaiu, está apenas se divertindo, fazendo só o que quer e o que gosta.

Eu não acho fascinante envelhecer e nem tenho pretensão de um dia ser assim tão poderosa. Mas celebro porque é de liberdade que se trata, porque é isso que a gente persegue e porque é muito prazeroso testemunhar, rir e aplaudir a galhofa, aplaudir o descompromisso, aplaudir os desacorrentados.

Felizes para sempre

O filme *Pão e tulipas* conta a história de uma dona-de-casa que viaja de excursão com a família mas é esquecida pelo ônibus num restaurante de beira de estrada. Então ela aproveita a oportunidade para "tirar férias" da vida que levava: pega uma carona, vai pra Veneza e começa a excursionar sozinha por uma nova vida.

Ao sair do cinema, me lembrei de uma passagem do livro *Ela é carioca*, de Ruy Castro. Lá pelas tantas ele conta que determinada mulher havia viajado muito e frequentado todas as festas, até que casou, teve três filhos e por pouco não se aquietou. "Se ela se distraísse, acabaria sendo feliz para sempre."

Ser feliz para sempre é o final que todos nós sonhamos para nossa história pessoal. A personagem de *Pão e tulipas* estava sendo feliz pra sempre, até que descobriu que a felicidade muda de significado várias vezes durante o percurso de uma vida. Ninguém sabe direito o que é felicidade, mas, definitivamente, não é acomodação. Acomodar-se é o mesmo que fazer uma longa viagem no piloto automático. Muito seguro, mas que aborrecimento. É preciso um pouquinho de turbulência para a gente acordar e sentir alguma coisa, nem que seja medo.

Tem muita gente que se distrai e é feliz pra sempre, sem conhecer as delícias de ser feliz por uns meses, depois infeliz por uns dias, felicíssimo por uns instantes, em outros instantes achar que ficou maluco, então ser feliz de novo em fevereiro e março, e em abril questionar tudo o que se fez, aí em agosto ser feliz porque uma ousadia deu certo, e infeliz porque durou pouco, e assim sentir-se realmente vivo porque cada dia passa a ser um único dia, e não mais um dia.

Eu não gosto de montanha-russa, o brinquedo, mas gosto de montanha-russa, a vida. Isso porque creio possuir um certo grau de responsabilidade que me permite saber até que altura posso ir e que tipo de tombo posso levar sem me machucar demasiadamente: alto demais não vou, mas ficar no chão o tempo inteiro não fico.

Viver não é seguro. Viver não é fácil. E não pode ser monótono. Mesmo fazendo escolhas aparentemente definitivas, ainda assim podemos excursionar por dentro de nós mesmos e descobrir lugares desabitados em que nunca colocamos os pés, nem mesmo em imaginação. E estando lá, rever nossas escolhas e recalcular a duração de "pra sempre". Muitas vezes o "pra sempre" não dura tanto quanto duram nossa teimosia e receio de mudar.

As torres de dentro

Não tenho como escapar: um ano após os atentados, vou falar sobre o quê? Sobre o Red Hot Chili Peppers? A imprensa às vezes vira refém de certas datas. Tal qual a gente. Comemoramos secretamente o aniversário do primeiro beijo, da primeira transa, de todas as primeiras coisas bacanas que nos aconteceram. E das coisas ruins também, das vezes em que as torres que construímos dentro de nós foram derrubadas.

Cada sonho nosso foi construído andar por andar, e teve vezes em que ultrapassamos as nuvens, erguemos nossos prédios do milênio, mais altos que qualquer prédio de Cingapura, Shangai, Nova York. A psicanálise fala em castelos. É mais ou menos isso: sonhos aparentemente concretos.

Já tive torres internas que foram ao chão. Torres altas demais para mim, torres que nem chegaram a ficar concluídas (as de dentro nunca se concluem), torres que me exigiram esforço e que me deram prazer, até que alguém, com uma frase, ou com um gesto, as fez virem abaixo. Tinha gente dentro, tinha eu.

Torres são visíveis, monumentais: viram alvo. Um projeto empolgante demais, uma paixão incontrolável demais, um desejo ardente demais, ideias ameaçadoras demais: tudo isso sai da linha plana da existência, coloca-nos em evidência, a gente acha que os outros não percebem, mas percebem, e que ninguém se assusta, mas se assustam. Quem nos derruba? A nossa vulnerabilidade.

Tem gente que perde um grande amor. Perde mais de um, até. E perde filhos, pais e irmãos. Tem gente que perde a chance de mudar de vida. E há os que perdem tempo. Os anos passam cada vez mais corridos, os aniversários se repetem. Tem gente que viu sua empresa desmoronar, sua saúde ruir, seu casamento ser atingido em cheio por um petardo altamente explosivo. Tem gente que achava que iria ter chance de estudar mais tarde e não estudou. E tem os que acharam que iriam ganhar uma medalha por bom comportamento e não receberam nem um tapinha nas costas.

E no entanto ainda estamos de pé, porque não ficamos apenas contando os meses e os anos em que tudo se passou. Construímos outras torres no lugar. Não ficamos velando eternamente os atentados contra nossa pureza original. As novas torres que erguemos dentro serão sempre homenagens póstumas às nossas pequenas mortes e uma prova de confiança em nossas futuras glórias.

Borboletas

Li uma notinha no jornal, muito pequena, que dizia que, na Austrália, o costume de jogar arroz nos noivos, quando eles saem da igreja após se casar, foi substituído por outro tipo de arremesso: agora os convidados jogam borboletas no casal. Vivas, eu espero.

É um fato irrelevante e nem sei se é verdadeiro, talvez tenha acontecido uma única vez e já estejam dizendo que virou moda lá para os lados da Oceania, mas vibrei com a notícia, por todas as suas implicações.

Arroz é comida, comida lembra fogão, fogão fica dentro de casa: tudo muito prosaico. Arroz cru é duro, machuca. Sua cor é branco sujo, não deslumbra. E o mais grave: arroz não voa.

Borboleta é o símbolo da transformação, é liberdade e cor. Borboleta não morde, não pica, não zumbe, não tem veneno, não transmite doença, não pousa em cima da nossa comida. Borboleta é mais bicho-grilo que o grilo, deveria ser a legítima representante do paz e amor.

Arroz alimenta o corpo, a borboleta alimenta o espírito. O que é mais importante em um casamento?

A gente sabe que as pessoas não casam apenas porque estão apaixonadas (quando estão), mas casam também para unir as rendas, dividir despesas e ter filhos, formando uma equipe hipoteticamente mais preparada para sobreviver. Não parece tão romântico.

Quem dera casamento fosse mais leve, com menos comprometimento e mais fascínio, menos regras a seguir e mais espaço e liberdade para ser o que se é. Uma confraternização diária, uma troca de experiências e sensações individuais, uma colaboração espontânea entre duas pessoas, sem a obrigação da eternidade. Um acordo de estar junto na alegria e na tristeza, na saúde e na doença, mas não necessariamente em todos os domingos, em todos os bares, em todos os cômodos da casa, em todos os assuntos, em todas as situações, em todos os minutos, em todos os desejos, em todos os silêncios.

Borboletas, com sua delicadeza e aparições raras, despertam o lúdico em nós. Já arroz é trivial e só é bom quando soltinho.

Brincando de sofrer

Uma agência de turismo holandesa tem oferecido a seus clientes um pacote inusitado. Por 400 dólares, eles podem passar quatro dias como mendigos nas ruas de uma grande cidade. Só devem levar a roupa do corpo, um cobertor ralinho e um instrumento musical para ajudar na hora de pedir esmola. No mais, é tratar de dormir na calçada e comer o que encontrar no lixo. Os custos da agência são para cobrir os olheiros que ficam de vigília para que não aconteça nenhum imprevisto violento com o "mendigo", e também para bater as fotos que irão depois para o porta-retrato.

Enquanto isso, alguns nova-iorquinos estão contratando um serviço chamado Sequestro Sob Medida. O cidadão está caminhando na rua quando é colocado abruptamente num porta-malas e levado para um cativeiro, onde ficará amarrado no escuro e sem banho por algumas horas ou dias, conforme o que foi combinado no contrato. Para quê? Para ter um pouco de emoção nesta vida, ora.

Fico ligeiramente constrangida ao comentar situações como essas. Não quero virar aquelas nostálgicas que vivem murmurando pelos cantos "no meu tempo é que era bom...", até porque o meu tempo é este aqui, mesmo que às vezes relute em me acostumar com certas coisas.

    A gente vive numa sociedade que não quer saciar nada, quer justamente o contrário: criar mais e mais necessidades estapafúrdias para que o sujeito nunca fique contente com o que tem e parta para aventuras quanto mais insanas, melhor. São pessoas vitimadas pela atual overdose de informação e que já não veem graça em visitar o Museu D'Orsay em Paris ou em fazer um passeio pelas vinícolas da serra gaúcha. É preciso algo diferente, algo instigante, algo que ninguém nunca fez. São os viciados em novidade.

    Brincar de sofrer é um desrespeito colossal com as pessoas que vivem ou viveram involuntariamente a barra da violência. É triste testemunhar a que ponto o vazio existencial consegue entortar a cabeça das pessoas, aniquilando com qualquer resquício de bom senso. Mas estamos em tempos modernos, tempos inovadores, tempos em que a pobreza emocional tem atingido estágios igualmente avançados.

Tirania familiar

– *Posso ficar sem tomar banho hoje?*

Duas respostas:

– *De jeito nenhum, higiene é hábito diário. Você ficaria sem escovar os dentes por um dia?*

– *Que é que tem matar o banho? Que radicalismo... Pode sim, filho.*

Tente adivinhar qual foi a resposta da mamãe e qual foi a resposta do papai. Um teste que vai mudar a sua vida.

– *A professora me deu a maior bronca hoje.*

Duas reações.

– *Aquela cadela? Quem ela pensa que é pra levantar a voz pra minha garotinha?*

– *Querida, você fez alguma coisa pra merecer a bronca?*

A querida responde:

– *Eu só conversei durante a aula e depois, cada vez que a profe se virava de frente para o quadro-negro, eu jogava uns aviõezinhos de papel na direção dela.*

Duas novas reações:

– *Quá, quá, quá... muito fiz isso, puxou a mim essa garota.*

– *Amor, não pode mesmo ficar conversando em aula, tem que prestar atenção, e peça desculpas amanhã pra professora, você foi uma mala.*

Outra historinha:

– *Posso ir dormir na casa da Alice depois da aula?*

Dois consentimentos.

– *Os pais dela vão estar em casa? Quem é que vai buscar vocês duas no colégio? Teu pijama está limpo?*

– *Pode.*

Mais uma, a última:

– *Eu quero mais Coca-Cola.*

Duas observações.

– *Chega, Adriana, você já tomou dois copos e ainda nem tocou na comida.*

– *Também quero. Vou buscar pra gente.*

Em toda família que se preze há alguém fazendo o papel de carrasco e alguém fazendo o papel de anjo. Um que tolera tudo porque, afinal de contas, não tem muito tempo pra ficar com as crianças e não vai gastar o pouco tempo que tem ralhando com elas, e outro que também tem pouco tempo sobrando, mas usa este tempo botando ordem no galinheiro. Um deixa tudo, outro deixa o que pode ser deixado. Quem é quem, aí na sua casa? Quando ouço dizerem que divisão de tarefas é um lavar a louça e o outro enxugar, acho muito boa a piada. Divisão de tarefas é repartir nosso lado tirano.

Homens e cães

Quem me conhece sabe que não sou exatamente a melhor amiga do cão. Nada contra, mas nada exageradamente a favor. No entanto, me interesso pelo dito cujo como personagem literário. Nos últimos tempos, Jack London tentou, com relativo sucesso, vencer minha resistência ao mundo canino, mas quem conseguiu plenamente foi Peter Mayle em *Memórias de um cão* (o narrador, um vira-lata irônico, diz que os filhos é que são os substitutos dos cães, e não o contrário). Lembro de ter ficado enternecida com Achado (tem meu voto para melhor nome de cusco), criado por José Saramago para humanizar ainda mais sua obra-prima *A caverna*. E agora acabo de ler *Da dificuldade de ser cão*, de Roger Grenier, que sonda os mistérios que ligam cães e seres humanos, e que me fez pensar, por alguns parcos segundos, se não está na hora de eu adotar um.

O que mais gostei do livro foi uma declaração óbvia, simples e absolutamente verdadeira: cães com utilidade (como os cães de caça, cães farejadores, cães que puxam trenós) na verdade possuem uma utilidade ínfima perto da utilidade que tem um cão que não serve para coisa alguma. Perceba a sutileza: quem não serve pra nada serve unicamente para se amar.

O livro cita (e como cita) inúmeros filmes e livros que têm a cachorrada como protagonista e discute temas importantes, como a pureza do amor, assunto que sempre me cativou. O que é um amor puro? É o amor que não espera nada em troca, é o amor que não se projeta adiante, que nada constrói, ou seja, não é o amor entre um homem e uma mulher que casam e formam família. Estes até são impulsionados pelo amor, mas o amor é apenas o ponto de partida para uma ambição maior: a articulação de um futuro. Já amar um cachorro, diz o livro, é como amar um amante: o futuro inexiste, só o presente é que conta, não há intenções encobertas, apenas o dar e receber gratuito, o prazer renovado a cada dia, sem interferências de qualquer espécie.

Se eu não morasse em apartamento, já teria um labrador. Prefiro cachorros graúdos aos micrototós. Mas não importa o que eu prefiro ou deixo de preferir: moro em apartamento e por enquanto não se cogita um novo inquilino. O que tem me preocupado é a razão deste meu súbito e inesperado interesse pelos seres de quatro patas. O livro desvenda: o amor aos cães costuma ser acompanhado por uma certa perda de confiança no homem.

Bola fora

Por dever de ofício, leio um monte de revistas, mesmo aquelas das quais não sou público-alvo. Posso não estar na mira delas, mas elas estão na minha. Gosto de saber o que está rolando nas mais diversas tribos. Por exemplo, não sou uma adolescente, mas revista pra adolescente segue frequentando a minha casa. Gosto delas. Lembro que quando eu tinha uns 16 anos eu adorava a Pop, que era uma espécie de Capricho de hoje. Essas revistas prestam um superserviço aos leitores, pois abordam assuntos que nem sempre são fáceis de conversar com os amigos, e muito menos com os familiares. As revistas quebram um galhão na hora de dar o pontapé inicial pra romper certos tabus.

Mas às vezes dão bola fora, como uma matéria que li recentemente intitulada "Como descobrir se você está sendo chifrada". A revista dá nove sugestões i-na-cre-di-tá-veis para as garotas. Tipo: a) crie um e-mail no hotmail usando o nome do melhor amigo dele e puxe assunto com seu namorado sem ele saber que é você; b) siga-o numa noite em que ele sair sozinho; c) comente com o melhor amigo dele que o seu namorado admitiu que chifrou você, só pra ver se o amigo confirma; d) cheque as mensagens de texto no celular dele; e) aproxime-se da ex-namorada, fingindo-se de amiga, pra ver se ela acaba abrindo alguma coisa que você não sabe... Ou seja, é o suprassumo da canalhice. A revista simplesmente estimula as garotas a serem manipuladoras, mentirosas e invasivas.

A revista é da maior qualidade, mas tem que cuidar com certas bobagens impressas em nome do "bom humor". Não há bom humor nenhum nesse tipo de matéria. O que não falta neste mundo são pessoas paranoicas e inseguras, que colocam a fidelidade acima de todas as outras virtudes. Que tal valorizar também a confiança, a lealdade, a amizade, a maturidade, o respeito à individualidade do outro? Estas mesmas garotas que estão sendo incentivadas a invadir a privacidade alheia através do celular e da internet serão as esposas de amanhã que estarão xeretando bolsos e colarinhos. Vamos insistir nesse padrão de relacionamento no século 21?

Um passinho à frente, por favor.

O chato

Outro dia conversava com uma senhora que me falava sobre seu filho de 25 anos. Ela me disse que o filho adora ler. Que lê poesia desde menino. Que conhece a obra e a biografia de grande parte dos escritores gaúchos. Que não errou uma única questão na prova de literatura, quando fez vestibular. Que não consegue pegar no sono sem antes ler ao menos algumas linhas. E aí ela me alertou: "Mas não é chato"!.

E continuou justificando: disse que o filho adorava sair à noite, escutava rock, viajava bastante e tinha a cabeça superboa. Não era chato. Tive que rir. Por que ele seria?

A gente se apega aos estereótipos e não repara no quanto eles podem ser equivocados. Coloque um livro na mão de um rapaz e logo o imaginamos dentro de uma camisa trancafiada até o último botão, óculos fundo de garrafa e o ombro meio curvado. Provavelmente é antissocial, só escuta música barroca e vive citando Platão. Não parece mesmo muito divertido.

Quem é viciado em leitura também pode gostar muito de fazer musculação, ouvir U2, viajar para a Califórnia, saltar de para-quedas, trabalhar com fotografia, todas essas coisas empolgantes que parece que só os não-chatos têm acesso, como se os chatos pudessem ser classificados por seus hobbies.

O pecado do chato é a oratória. Ele fala muito. Fala sobre assuntos que não nos interessam em nada. Ou até nos interessam, mas não naquela hora em que você está parado no meio da chuva enquanto ele te segura pelo braço, ou quando você está atrasado para uma reunião e ele continua falando do furúnculo nojento do tio dele. O chato não tem timing.

Uma pessoa pode adorar Beatles e ser extremamente agradável contando alguns episódios da sua visita a Liverpool, mas vai ser um chato se ficar tocando *Yesterday* a noite inteira no violão. Uma pessoa pode adorar culinária e ser extremamente agradável ao falar dos pratos exóticos que experimentou em Cingapura, mas vai ser um chato se ficar dissertando sobre as propriedades malignas de um hambúrguer. E uma pessoa pode detestar ler e ainda assim ser extremamente agradável dançando, conversando sobre informática, contando suas experiências com a power yoga ou lembrando do encontro inesperado que teve com a Madonna num elevador em Los Angeles.

Livro nos dá conhecimento, uma visão mais aberta da vida e nos ensina a escrever melhor. Não nos torna chatos nem nos salva de sê-los. Chato é quem não nos faz rir.

Nossos velhos

Pais heróis e mães rainhas do lar. Passamos boa parte da nossa existência cultivando estes estereótipos. Até que um dia o pai herói começa a passar o tempo todo sentado, resmunga baixinho e puxa uns assuntos sem pé nem cabeça. A rainha do lar começa a ter dificuldade de concluir as frases e dá pra implicar com a empregada. O que papai e mamãe fizeram para caducar de uma hora para outra? Fizeram 80 anos.

Nossos pais envelhecem. Ninguém havia nos preparado pra isso. Um belo dia eles perdem o garbo, ficam mais vulneráveis e adquirem umas manias bobas. Estão cansados de cuidar dos outros e de servir de exemplo: agora chegou a vez de eles serem cuidados e mimados por nós, nem que pra isso recorram a uma chantagenzinha emocional. Têm muita quilometragem rodada e sabem tudo, e o que não sabem eles inventam. Não fazem mais planos a longo prazo, agora dedicam-se a pequenas aventuras, como comer escondido tudo o que o médico proibiu. Estão com manchas na pele. Ficam tristes de repente. Mas não estão caducos: caducos ficam os filhos, que relutam em aceitar o ciclo da vida.

É complicado aceitar que nossos heróis e rainhas já não estão no controle da situação. Estão frágeis e um pouco esquecidos, têm este direito, mas seguimos exigindo deles a energia de uma usina. Não admitimos suas fraquezas, seu desânimo. Ficamos irritados se eles se atrapalham com o celular e ainda temos a cara-de-pau de corrigi-los quando usam expressões em desuso: calça de brim? frege? auto de praça?

Em vez de aceitarmos com serenidade o fato de que as pessoas adotam um ritmo mais lento com o passar dos anos, simplesmente ficamos irritados por eles terem traído nossa confiança, a confiança de que seriam indestrutíveis como os super-heróis. Provocamos discussões inúteis e os enervamos com nossa insistência para que tudo siga como sempre foi.

Essa nossa intolerância só pode ser medo. Medo de perdê-los, e medo de perdermos a nós mesmos, medo de também deixarmos de ser lúcidos e joviais. É uma enrascada essa tal de passagem do tempo. Nos ensinam a tirar proveito de cada etapa da vida, mas é difícil aceitar as etapas dos outros, ainda mais quando os outros são papai e mamãe, nossos alicerces, aqueles para quem sempre podíamos voltar, e que agora estão dando sinais de que um dia irão partir sem nós.

Comunhão de segredos

Sabe o que o Lula respondeu quando jornalistas lhe perguntaram o que havia dado para a esposa Marisa no Dia das Mães? Não contou. Disse que casaram em comunhão de segredos. Taí uma partilha que faz bem a qualquer casal.

É fato: tem muito boca-aberta por aí. No começo do namoro, preservam os apelidinhos e as maniazinhas de cada um, mas depois de um certo tempo a melhor piada passa a ser aquela em que a gente faz graça da própria desgraça. E desgraça, no caso, é ela: a nossa relação.

Ele senta numa mesa de bar e conta que a mulher está enchendo o saco para eles trocarem de carro, que está levando o cara à falência de tanto que compra roupa, que a irmã dela está cada dia mais apta para ser capa da Vip, que ontem à noite ele deu três e garantiu com isso uns quinze dias de sono tranquilo. Que cafajeste.

Ela senta com as amigas num sofazão e conta que o marido está cada dia mais barrigudo, que o irmão dele não pode ser mais vigarista, que ela não aguenta mais dividir o banheiro, que ele outro dia disse que iria passar cinco dias viajando a trabalho e o primeiro pensamento dela foi: Deus existe.

Os segredos? Só faltam ser publicados no Diário Oficial. Todo mundo sabe que eles não transaram na noite de núpcias de tão alcoolizados que estavam, todo mundo sabe que ela perdeu o bebê nos primeiros meses de gestação porque insistiu em correr uma maratona, todo mundo sabe que aquele canino quebrado não é fruto de um tombo no futebol, mas de uma frigideira que voou na direção da boca dele num dia de TPM, todo mundo sabe que ela detesta sexo oral, justamente o que ele mais adora. A comédia da vida privada debatida em praça pública.

Tanta gente quer fórmulas de amor eterno... Não acredito em fórmulas, mas, por via das dúvidas, não fale, não conte detalhes, não satisfaça a curiosidade alheia. A imaginação dos outros já é difamatória que chegue.

Deixar rolar

Li uma entrevista com o escritor e jornalista português Vasco Valente, onde ele afirma que passamos a vida tentando conter a tendência para a desordem. Se ficássemos passivos diante da vida, sem mexer um dedo para nada, um belo dia acordaríamos falidos, com a energia elétrica cortada e um monte de gente magoada a nossa volta. Conclui ele: "O que cada um de nós tenta fazer, cada um à sua maneira, é tentar conter o descalabro".

A visão dele é meio apocalíptica – desordem, descalabro! –, mas, relativizando o exagero, é bem assim mesmo: passamos a vida tentando organizar o caos. Trabalhamos para ter dinheiro, respeitamos as leis, usamos o telefone para manter laços com a família e procuramos amar uma única pessoa para sossegar as aflições do coração, sempre tão inquieto. E mesmo fazendo tudo certo, e mesmo correndo contra o relógio e contribuindo para o bem-estar geral, às vezes dá tudo errado. É quando surge alguém não sei de onde, percebe o nosso stress e dá aquele conselho-curinga que serve para todas as ocasiões: deixa rolar.

Sempre que eu deixei rolar, não aconteceu nada. Nada de positivo ou negativo. Nada. De vez em quando eu até deixo rolar, mas só para obter um breve momento de descanso em que parece que saí de férias da vida. É uma auto-hipnose: estou dormindo, não estou aqui, não estou vendo coisa alguma. Quando a desordem e o descalabro voltam a ameaçar, eu conto um, dois, três, estalo os dedos e a engrenagem volta a funcionar de novo.

Deixar rolar é um conselho que não consigo seguir por mais de uma tarde. Tenho esta mania estúpida de querer participar de tudo o que me acontece. Se eu me dei bem, a responsabilidade é minha, e se me dei mal, é minha também. Não entrego nada a Deus. Não uso nem serviço de motoboy. Eu mesma respondo aos e-mails, atendo os telefonemas, eu mesma cobro, eu mesma pago. Delego pouco, e apenas pra gente em quem confio às cegas. Nunca pra este tal de destino, que não conheço.

Só entro em estado de passividade quando não depende mais de mim. E só deixo rolar aquilo que não me interessa mais. O problema é que tudo me interessa.

Falta demônio

Clarice Lispector e Fernando Sabino foram amigos íntimos e trocaram muitas cartas no início da carreira literária de ambos. Em uma dessas cartas, enviada de Berna, onde morava, Clarice escreveu para Sabino: "Falta demônio nessa cidade".

Falta demônio em toda a Suíça. Falta demônio em muitos lugares. Não falta no Brasil, e talvez seja esta a explicação para o encantamento que o país provoca em estrangeiros e nativos: é o feitiço da irreverência.

Os Beatles tinham um demônio parcimonioso quando cantavam *she loves you, yeah, yeah, yeah*, tornando-se mais famosos que Jesus Cristo. Só deixaram o demônio tomar conta em discos como Sargent Pepper's, Álbum Branco e Abbey Road, numa época em que Mick Jagger julgava-se o único representante de Lúcifer na terra. Há demônio no rock, em todas as bandas.

Há demônio no vinho, falta no clericot. Há demônio no jeans, falta no linho. Há demônio nas fotos em preto-e-branco.

Há demônio no cinema, não há na televisão. Há demônio em livros, não há em revistas. Há demônio em Picasso, Almodóvar, Wagner, Janis Joplin. Há demônio na chuva mais do que no sol, há demônio no humor e na ironia, nenhum demônio no pastelão.

Não há demônio em bichos e crianças. Volto atrás sobre as crianças. Em algumas há, mas somente nas muito especiais. As outras pensam que são espertas, mas são apenas mal-educadas.

Na poesia há sempre demônio. Na boa poesia, na poesia marginal, na poesia de amor. Paixão é quando o demônio está nu. Sexo com quem se ama é muito mais satânico, não precisa ser um amor pra sempre, pode ser um amor de repente, qualquer amor inferniza.

Coca-Cola tem mais demônio que guaraná. A inteligência tem mais demônio que a simpatia. A vida tem mais demônio que a morte. Filosofia, psicanálise, beijo, aventura, silêncio. Um minuto de silêncio. O pensamento é o demo.

O Oriente tem. Manhattan tem. Berna não tem, como tudo que é neutro.

A idade da água quente

Você está envelhecendo. Não venha dizer que está com apenas 19 anos, porque isso não muda nada. Estamos envelhecendo diariamente, uns com extremo pesar e outros praticamente sem perceber, porque o que faz a gente perceber que os anos estão nos devorando por dentro são detalhes pequenos de nós mesmos.

Eu, por exemplo, sempre acreditei que manter um espírito jovem bastaria para tocar a vida sem me preocupar com contagens regressivas. Muitos jeans no guarda-roupa, compradora compulsiva de discos e livros, o cabelo ainda meio comprido, internauta e empolgada com certas novidades, achei que poderia ficar cristalizada nos 30 anos até 2017, se corresse tudo bem.

Não está correndo. Aconteceu algo que me pegou desprevenida. Relutei em aceitar, mas com a chegada do inverno tornou-se impossível negar que o tempo está passando pra mim também. Comecei a gostar de sopa.

Eu não gostava de sopa nem de nada que levasse água quente, incluindo chimarrão. Na infância, não tomava porque não gostava do sabor de nenhuma delas, preferia batata frita. E, passada a infância, virou teimosia, não tomava sopa porque o ritual me parecia macabro: encurvar as costas, assoprar levemente a colher e então engolir o caldinho. Prato fundo é louça pra matusalém, era o que eu pensava lá nos gloriosos 14 anos e sua vizinhança.

Pois um tempo atrás fui jantar na casa de uma amiga e ela ofereceu um creme de aspargos. Pra não ser mal-educada, aceitei um pouquinho, afinal estávamos escutando Björk, as pessoas estavam todas vestidas com o melhor do Mix Bazar e dali sairíamos para um show no Opinião. Nossa modernidade estava a salvo, então entornei uma concha no prato.

Delirei. Fiquei viciada em creme de aspargos. E em sopa de legumes. E em sopa de cebola, servida com pão, à francesa. Sopa de ervilha, sopa de queijo, sopa de lagosta. Sopa de lagosta foi só uma vez, porém memorável. Hoje eu adoro sopa. Amo sopa. Vou chegar em 2017 feliz com meus dignos 56 anos. Ora bolas, modernidade continua sendo uma coisa de cabeça, o estômago não tem nada a ver com isso.

Ainda bem. Porque eu também dei pra gostar de chá.

Desejo e solidão

Se existe uma coisa que me faz ganhar o dia é ler um livro que bagunça as minhas entranhas. O último que conseguiu tal feito foi *Uma desolação,* de Yasmina Reza, editora Rocco. É um monólogo de um ancião. Ele fala a um filho que não interage, apenas escuta.

Há muitos argumentos para a desolação do personagem. Ele sente-se excluído do futuro e acredita que nada é real, a não ser o momento. Revela que, a partir de certa idade, tudo dá na mesma. Que as pessoas gastam inutilmente seu tempo se ocupando. Que depois da juventude trocamos paixão por ponderação, o que é um crime. E que a única coisa que existe é desejo e solidão. Foi aí que minhas entranhas acusaram o golpe.

Como eu disse antes, o personagem é um velho sem muito tempo de vida fazendo um inventário de suas perdas e ganhos. É nesta contabilidade que sobram apenas o desejo e a solidão: tudo o mais lhe parece descartável. Não é uma visão oba-oba da vida, ao contrário, é uma análise cirúrgica, nossa alma a olho nu.

Desejamos um lar, uma profissão, ter amigos. São as coisas que nos ensinaram a desejar, projetos socialmente aprovados. Mas o desejo tem vontade própria, é longevo e não se esgota no cumprimento de metas.

Nosso desejo é secreto, e sabemos muito bem que é ele e só ele que nos move.

"Não existe nada mais triste, mais sem graça que a coisa realizada", diz o personagem. Esta deve ser a grande angústia da idade avançada: mesmo tendo tido uma vida intensa e gloriosa, isso não basta. É preciso manter a ilusão pulsando, um alvo adiante, a perseguição contínua, para não sermos sepultados antes da hora.

O desejo é um leão. Selvagem, carnívoro, brutal. Não permite acomodação: nos faz farejar, caçar, brigar pelo nosso sustento emocional. O desejo nos transpassa, nos rouba o sono, confunde o pensamento lógico. O desejo corrompe nosso bom comportamento, faz pouco caso da nossa índole irretocável. O desejo não tem pátria nem família, o desejo não tem hora nem tem verbo, o desejo ruge, nosso corpo é sua jaula.

Mas a gente se acomoda e anestesia o leão em nós. Resta a jaula vazia. Já nenhum risco nos ameaça, nenhuma surpresa nos aguarda. *Uma desolação*, chama-se o livro.

O mal é contagioso

Um dos principais assuntos da semana passada foi a descoberta de que um dos pediatras mais celebrados do país, um sujeito acima de qualquer suspeita, abusava sexualmente de seus pacientes depois de sedá-los.

"Até onde você é capaz de ir?"

O mundo tem um elenco fixo de criaturas assustadoras, mas sua violência já não nos espanta tanto, tamanha a banalização do mal. O que ainda nos choca é que nem todos são reconhecíveis a olho nu, qualquer pai ou mãe de família pode amanhã deixar cair a máscara bem aos nossos pés.

"Não adianta, cada minuto de civilização na minha mente pede uma hora de barbárie. Pede na mente de qualquer pessoa."

Um padre respeitabilíssimo que abusa de meninos na sacristia, um sequestrador que era um aluno excelente, uma dona-de-casa incapaz de um furto, um empresário por quem se colocava a mão no fogo. Qualquer pessoa. Há armas guardadas em porta-luvas, esperando um motivo besta para serem disparadas. Há gente com os nervos em frangalhos, cometendo crimes secretos dentro de suas cabeças.

"Fala pra mim pacato, fala pra mim mulher responsável, fala pra mim singelo, fala pra mim homem de bem: teu pensamento criminal é calculado ou passional?"

É um mundo em que já não há mocinhos e bandidos disputando o reino dos céus, estão todos sentados à mesma mesa, uns a incentivar os pecados dos outros, a maioria lutando bravamente contra seu lado sórdido e vencendo, gente do bem como eu e você, até segunda ordem. De quem devemos ter medo?

"Não é apologia, é apenas a consciência da sinistra harmonia, da estranha harmonia, da suculenta harmonia entre o bem e o mal."

Somos todos parecidos e muito bem-intencionados, de longe ninguém é do mal, mas de perto a surpresa, nossas diferenças não se baseiam mais em escolaridade, poder aquisitivo, berço: a natureza selvagem do homem tem berrado mais alto que as convenções, e nos apavora, amanhã poderemos ter medo não só de ser a vítima, como de ser o agressor.

"O bem é uma boca, o mal é outra boca. Da saliva desse beijo sai a nossa alma."

♦

As frases em destaque fazem parte da letra da música *O mal é contagioso*, de Dado Villa-Lobos, Gustavo Dreher e Fausto Fawcett, incluída na trilha sonora do filme *Buffo & Spallanzani*.

Do mês que vem não passa

Juntos chegaram à conclusão de que o casamento estava um tédio, que o amor havia sumido e que a presença um do outro incomodava mais do que estimulava: nem mesmo a amizade e a ternura sobreviveram. Depois de algumas cobranças inevitáveis, muito papo e lágrimas à beça, optaram por seguir cada um para seu lado. Quando? Logo depois das férias de julho: a gente viaja com as crianças e depois você sai de casa. Perfeito.

Voltaram da viagem mais duros do que nunca foram, o saldo completamente no vermelho. Não era uma boa hora para comprometer-se com um novo aluguel. Ela compreendeu e disse para ele ficar em casa até as finanças se estabilizarem de novo, quando ele então poderia procurar um apartamentozinho.

O casamento seguia um tédio, mas o clima estava mais ameno, sabiam que dali a pouco estariam separados para sempre, então calhava uma harmonização, eles até passaram a sorrir com mais frequência e, olhando assim de longe, qualquer um diria que aqueles dois se entendiam bem.

As dívidas da viagem foram pagas e, depois de mais uma entre tantas discussões bestas, resolveram agendar de vez a separação: logo depois do aniversário do pequeno Bruninho, que dali a um mês faria 16 anos e media 1m87cm.

Bruninho não quis festa, e o saldo do casal voltou a ficar positivo, mas não por muito tempo: a televisão já veiculava propaganda com Papai Noel. Natal era sempre uma despesa, e os sogros viriam do interior pra comemorar com a família reunida, melhor deixar passar o Natal e o Ano-Novo. É melhor, também acho.

Em fevereiro a Bia, filha mais velha, inventou de ir para a praia do Rosa com as amigas e ficou o mês inteiro lá, assim que ela voltasse os dois dariam o xeque-mate neste casamento. Bia voltou e já era quase Páscoa, e Páscoa sem ir pra fazenda da tia Sonia não era Páscoa. Depois da Páscoa receberam o convite para serem padrinhos de casamento de um afilhado, melhor não criar constrangimento na igreja. Em seguida foi o aniversário dele, que sempre fica meio caído nessa data, melhor deixar passar o inferno astral. E quando passou, aí foi ela que aniversariou.

Estão casados até hoje. Mas do mês que vem não passa.

Felicidade realista

De norte a sul, de leste a oeste, todo mundo quer ser feliz. Não é tarefa das mais fáceis. A princípio, bastaria ter saúde, dinheiro e amor, o que já é um pacote louvável, mas nossos desejos são ainda mais complexos.

Não basta que a gente esteja sem febre: queremos, além de saúde, ser magérrimos, sarados, irresistíveis. Dinheiro? Não basta termos para pagar o aluguel, a comida e o cinema: queremos a piscina olímpica, a bolsa Louis Vuitton e uma temporada num spa cinco estrelas. E quanto ao amor? Ah, o amor... não basta termos alguém com quem podemos conversar, dividir uma pizza e fazer sexo de vez em quando. Isso é pensar pequeno: queremos AMOR, todinho maiúsculo. Queremos estar visceralmente apaixonados, queremos ser surpreendidos por declarações e presentes inesperados, queremos jantar à luz de velas de segunda a domingo, queremos sexo selvagem e diário, queremos ser felizes assim e não de outro jeito.

É o que dá ver tanta televisão. Simplesmente esquecemos de tentar ser felizes de uma forma mais realista. Por que só podemos ser felizes formando um par, e não como ímpares? Ter um parceiro constante não é sinônimo de felicidade, a não ser que seja a felicidade de estar correspondendo às expectativas da sociedade, mas isso é outro assunto. Você pode ser feliz solteiro, feliz com uns romances ocasionais, feliz com três maridos, feliz sem nenhum. Não existe amor minúsculo, principalmente quando se trata de amor-próprio.

Dinheiro é uma bênção. Quem tem, precisa usufruí-lo. Não perder tempo juntando, juntando, juntando. Apenas o suficiente para sentir-se seguro, mas não aprisionado. E se a gente tem pouco, é com este pouco que vai tentar segurar a onda, buscando coisas que saiam de graça, como um pouco de humor, um pouco de fé e um pouco de criatividade.

Ser feliz de uma forma realista é fazer o possível e aceitar o improvável. Fazer exercícios sem almejar passarelas, trabalhar sem almejar o estrelato, amar sem almejar o eterno. Olhe para o relógio: hora de acordar. É importante pensar-se ao extremo, buscar lá dentro o que nos mobiliza, instiga e conduz, mas sem exigir-se desumanamente. A vida não é um game onde só quem testa seus limites é que leva o prêmio. Não sejamos vítimas ingênuas desta tal competitividade. Se a meta está alta demais, reduza-a. Se você não está de acordo com as regras, demita-se. Invente seu próprio jogo.

Tatuagens forever

Gosto de tatuagens discretas. Um desenho pequeno na nuca, um grafismo sutil no tornozelo, algo charmoso na altura do ombro. Nunca fiz, mas acho que realmente dá um toque de personalidade ao portador.

Quanto a cobrir o corpo inteiro ou parte dele com dragões, caveiras e aparentados de Freddy Kruger, acho meio decadente. E feio. Mas não é da minha conta.

Também não é da minha conta as tatuagens feitas com o nome do amado em locais simbólicos, como no lado esquerdo do peito, pertinho do coração, ou nas áreas mais recreativas do corpo. É uma prova irrefutável de romantismo. Eu diria até de inocência, já que a criatura está tão apaixonada que esqueceu que existe o dia de amanhã.

Winona Forever foi o que o ator Johnny Depp tatuou anos atrás, creio que no braço, para deixar bem claro o que sentia pela namorada Winona Ryder. O forever durou uns poucos anos e puf: adeus, amor. Hoje Winona não tem tido tempo pra namorar, de tão enrolada que anda com a justiça americana, e Johnny Depp tem frequentado outros corações. Não há notícia de que tenham se tornado nem mesmo bons amigos.

Angelina Jolie também tatuou o nome do marido em algum lugar daquele corpaço. O marido, que era para ser tão duradouro quanto a tatuagem, acaba de dançar. Angelina está solteira de novo, disponível para mais um amor eterno enquanto dure.

Tatuagens definitivas costumam ser mais definitivas do que uma grande paixão. Quando a gente está apaixonado, não tolera ouvir isso, mas a vida é cruel, jovens: o amor acaba e a tatuagem não acaba. As pessoas se divorciam entre si, mas ninguém se divorcia do próprio corpo.

Portanto, é mil vezes preferível tatuar o nome da mãe. Ou do nosso time. Ou do nosso cão. De qualquer coisa em que ainda se possa apostar na fidelidade vitalícia. Já é duro tirar alguém do pensamento, imagine tirar da própria pele. Pra minimizar os riscos, eu tatuaria *Forever myself*. E torceria para que esse amor, sim, não acabasse nunca.

Falhas

Uma das coisas que fascinam na cidade de San Francisco é ela estar localizada sobre a falha de San Andreas, que é um desnível no terreno que provoca pequenos abalos sísmicos de vez em quando e grandes terremotos de tempos em tempos. Você está muy faceiro caminhando pela cidade, apreciando a arquitetura vitoriana, a baía, a Golden Gate, e de uma hora para outra pode perder o chão, ver tudo sair do lugar, ficar tontinho, tontinho. É pouco provável que vá acontecer justo quando você estiver lá, mas existe a possibilidade, e isso amedronta mas ao mesmo tempo excita, vai dizer que não?

Assim são também as pessoas interessantes: têm falhas. Pessoas perfeitas são como Viena, uma cidade linda, limpa, sem fraturas geológicas, onde tudo funciona e você quase morre de tédio.

Pessoas, como cidades, não precisam ser excessivamente bonitas. É fundamental que tenham sinais de expressão no rosto, um nariz com personalidade, um vinco na testa que as caracterize.

Pessoas, como cidades, precisam ser limpas, mas não a ponto de não possuírem máculas. É preciso suar na hora do cansaço, é preciso ter um cheiro próprio, uma camiseta velha pra dormir, um jeans quase transparente de tanto que foi usado, um batom que escapou dos lábios depois de um beijo, um rímel que borrou um pouquinho quando você chorou.

Pessoas, como cidades, têm que funcionar, mas não podem ser previsíveis. De vez em quando, sem abusar muito da licença, devem ser insensatas, ligeiramente passionais, demonstrar um certo desatino, ir contra alguns prognósticos, cometer erros de julgamento e pedir desculpas depois, pedir desculpas sempre, pra poder ter crédito e errar outra vez.

Pessoas, como cidades, devem dar vontade de visitar, devem satisfazer nossa necessidade de viver momentos sublimes, devem ser calorosas, ser generosas e abrir suas portas, devem nos fazer querer voltar, porém não devem nos deixar 100% seguros, nunca. Uma pequena dose de apreensão e cuidado devem provocar, nunca devem deixar os outros esquecerem que pessoas, assim como cidades, têm rachaduras internas, portanto, podem surpreender.

Falhas. Agradeça as suas, que é o que humaniza você, e nos fascina.

Far away

Tenho escutado o último disco do Robert Cray, que esteve recentemente fazendo um show em Porto Alegre. Aliás, o show dele foi um tanto burocrático, preferi o show de abertura feito por Jeff Healey, bem mais intenso e "sujo", no melhor sentido. Mas é Cray que ando escutando no carro, em especial a faixa *Far away*, cuja letra é o lamento de um homem que está saindo de casa. Ele diz pra esposa que ela é ótima, que o problema não é com ela: ele é que não conhece a si mesmo e precisa se descobrir. Pega suas coisas, deixa as chaves na estante e avisa que na manhã seguinte voltará para comunicar às crianças, assim que acordarem, que papai tem que ir embora. A guitarra chora durante os seis minutos da música, e a gente quase chora junto.

Pra você, uma música é apenas uma música, mas pra mim uma música é uma música e um assunto, assim como uma pesquisa eleitoral é uma pesquisa eleitoral e um assunto. Um dia vou falar sobre a fome de assuntos que faz sofrer todo colunista. Pois bem. De tanto ouvir esta canção do Robert Cray, comecei a achar que é mesmo um privilégio ser homem. Um belo dia o cara se dá conta de que não sabe nada sobre si mesmo, que há muitas outras coisas para serem vividas do lado de fora da porta da rua e que se continuar na sua vidinha regrada vai perder o melhor da festa. Aí ele amansa a patroa dizendo que ela é uma mulher estupenda, não tem culpa nenhuma de ele ser um ignorante sobre si mesmo, e sai de casa e do casamento, não sem antes ter a consideração de não acordar as crianças. Ele voltará no dia seguinte pra se despedir dos pequenos, que ficarão eternamente gratos por papai ter sido camarada em deixá-los dormir antes de receber a má notícia.

Mulher também tem vontade de se descobrir, fazer sua trouxa e deixar as chaves na estante. Mas imagine a cena. "Crianças adoradas, mamãe precisa se descobrir. Papai, que é um sujeito bacanésimo, vai ficar cuidando de vocês, ok? Tchauzinho."

Punk rock. Nem a Courtney Love cantaria isso sem engasgar. Mulheres têm que se descobrir durante o trajeto do ônibus, têm que se conhecer melhor enquanto escolhem o tomate menos murcho na feira, têm que experimentar novas vivências ali no bairro mesmo. Mulheres dizem para seus filhos que vão passar o final de semana na serra com as amigas e eles automaticamente esquecem onde fica o chuveiro, imagine se ela disser que vai pra galera, conhecer o mundo. Suicídio coletivo.

Foi só um pensamento que me ocorreu enquanto ouvia Robert Cray no carro, presa num congestionamento, indo buscar minhas filhas no colégio como faço todos os dias.

Homens de bandeja

Uma vez fui convidada para um coquetel na casa de uma pessoa que eu não conhecia. Questões profissionais, não podia faltar, fui. Blim-blom. Ao abrirem a porta, duas amigas vieram me receber e logo me apresentaram ao dono da casa e a mais três ou quatro pessoas que estavam por ali. Festival de beijinhos: todo mundo se cumprimentando alegremente. No meio do grupo, reparei num rapaz lindo, vestido de preto dos pés à cabeça, sorrindo pra mim. Não tive dúvida, aproveitei o embalo e taquei-lhe um beijo também: oi, tudo bom? Ele respondeu que estava tudo bem e em seguida perguntou: a senhora bebe alguma coisa?

Admiro garçons. Não é um ofício fácil. Eles precisam atender gentilmente pessoas que muitas vezes são brutas ou arrogantes. Eles precisam almoçar ou jantar antes de todos, ou muito depois. Se trabalham em churrascaria, precisam saber cortar uma carne sem deixar pingar nem uma gota de sangue no colo do cliente. Se trabalham em boteco, precisam ter paciência com os bebuns. Precisam, todos, ser competentes equilibristas. Bons de memória. Rápidos. E agora essa: dependendo do emprego, precisam ser lindos de morrer.

Não é uma exigência usual, mas algumas casas noturnas e alguns eventos fechados estão contratando garçons que, além de saberem segurar uma bandeja, devem saber também como deixar uma cliente apatetada. Recentemente uma loja abriu suas portas e contratou verdadeiros apolos para servir champanhe às mulheres. Homens altos, tatuados, bem-definidos, com olhares maliciosos e sorrisos que impediam qualquer negativa: sim, eu quero champanhe. Nunca bebi, mas vou beber. Alicinha, me segura que eu vou beber. Se eu fizer alguma besteira, por favor, amanhã de manhã, não me conta.

Mas nada sai errado. Na pior das hipóteses, você vai dar dois beijinhos no rapaz, confundindo-o com um convidado. O que pode ser considerado uma gafe, se você for muito presa às convenções, ou muito chique, se você for defensora da igualdade, liberdade e fraternidade. Garçom, traga um cálice pra mim e outro pra você. E santé!

Espíritos famintos

Quando Lobão solta o verbo, eu escuto. Gosto do jeito excitado que ele tem, um rebelde cheio de causas, um dom quixote contra a morosidade dos dias. O ensaio que ele publicou na revista Bravo!, ainda sob efeito do choque provocado pela morte de Cássia Eller, é um texto nervoso como seu autor, repleto de citações e algumas genialidades misturadas ao caos de suas palavras. Entre elas: "É no consumir por consumir que nasce o vício, essa patologia contemporânea".

Consumir por consumir. Fiquei consumindo essa frase dia e noite. O que é que consumimos aleatoriamente, por impulso? Quase tudo. Chocolate. Big Brother. Caras. Cigarro. Trilha de novela.

Consumir por consumir. Comer sem ter fome. Correr sem saber para onde ir. Olhar sem enxergar um palmo na frente do nariz. Silicone. João Kléber. Feiticeira. Chiclete. Cerveja. Melissa. Dove.

Consumir por consumir. Escutar o que toca na rádio, ler os mais vendidos, ver o filme que ganhou o Oscar, desejar a garota que saiu na capa da Playboy, usar sombra e batom com cores metalizadas, se enfear em nome das tendências.

Consumir por consumir. Ir ao shopping sem precisar comprar nada, abrir um pacote de salgadinhos porque não há nada pra fazer, matricular-se na academia porque o instrutor é um gato, planejar uma viagem para Sauípe sem ter ideia de onde isso fica.

Resorts. Big Mac. Daslu. Tatuagem. Botox. Herchcovitch. Blindagem. Champanhe. Marrocos. Ecstasy. Sasha. Beijo. Chapinha. Velas. Pessoas.

Mastigamos e engolimos tudo o que nos oferecem, sem sentir o gosto. O mundo está a nosso dispor, a vida é uma grande prateleira, tudo a R$ 1,99, mande seu cupom, entre no nosso site, escreva para a caixa postal, ligue para o telefone que você está vendo no vídeo.

Lobão: "O vazio, hospedeiro do vício, é o que a nossa sociedade mais sabe produzir". E seguimos famintos de irreverência, poesia, deslumbramento, amor, ideias, espanto, aventura, arte, liberdade, sexo sem câmeras e, principalmente, famintos de uma vida que não venha com instruções sobre o modo de usar.

Exageros

Não lembro quem falou, mas como gostei: "Todo exagero é uma forma de ficção". Quem de nós não é ficcionista nesta vida?

Reclamo porque provocaram um rombo no sofá, e foi apenas uma brasa de cigarro que caiu e fez um furinho deste tamanhozinho, mas, puxa, eu enxergo um rombo. O prejuízo é de um rombo. E a minha bronca também é grande.

Me olho no espelho e me acho obesa. Na verdade engordei meio quilo, mas ele não se espalhou democraticamente de norte a sul, ficou concentrado numa região que já estava bem suprida, tal como acontece com a distribuição de renda do país, então meio quilo a mais, no mesmo lugar, é uma injustiça, uma canalhice, um desaforo.

Eu não sinto frio: eu morro de frio. Grito pela casa: que friiiiiiiio! Aí ligo o ar-condicionado e ressuscito um pouquinho, mas não tiro nenhum dos quatro blusões que estou vestindo. Cobertores, são vários. E durmo com meias, que retiro na calada da noite sem nem mesmo acordar. Morro de frio e ainda por cima sou sonâmbula.

Isso quando eu consigo dormir oito horas por noite, o que é raro. Geralmente durmo bem menos que isso, e aí o que acontece? Eu não fico apenas devagar, como ficam as outras pessoas. Eu fico enlouquecida de sono e podre de cansada. Louca de sono significa que eu fico cabeceando no sofá, e quando dou por mim o William Bonner já disse boa-noite-até-amanhã e eu perdi a previsão do tempo. E podre de cansada é podre mesmo, deteriorada, murcha, sem serventia. Um lixo.

Mas isso são exceções. Na maioria das vezes eu estou não apenas alegre, mas pulando de felicidade. Sinto por dentro a adrenalina correndo pelas veias, meu sorriso fica escancarado no rosto e começo a achar tudo bárbaro. Porque sou assim, extremada.

Quebrar uma unha é uma desgraça. Perder um episódio de *Os normais* é um pecado. Um cara bonito é uma tentação do demônio. Um atraso de 10 minutos é o fim do mundo. E qualquer crítica me deixa de coração partido. Portanto, melhor gostar de mim, senão você é um homem morto.

Felizes e cheios de problemas

Todos querem ser felizes, mas o mundo intelectual despreza esta ambição. Ser feliz é coisa para desprovidos de cérebro, ser feliz é uma alienação, ser feliz é um projeto pequeno-burguês, ser feliz é anestesiante, ser feliz é cafona, ser feliz é uma pretensão ridícula, pois só na angústia e no sofrimento é que podemos avaliar a real dimensão da existência humana e blá-blá-blá.

Eu, poeta e articulista de jornal, me sinto um tanto deslocada, porque mesmo tendo meus momentos de azedume e melancolia, porque mesmo administrando inúmeros conflitos internos, sou feliz, cretinamente feliz. Que me perdoem tal mácula no currículo os que forem infelizes e indubitavelmente mais inteligentes.

Tudo isso pra dizer que me senti presenteada vendo o fascinante *Um casamento à indiana*. Porque além de ser um filme que retrata uma cultura diferente da nossa, porque além de ser um filme que trata da imperceptível semelhança que há entre casamentos por amor e casamentos arranjados, porque além de ser um filme que trata sobre abuso infantil e amores incertos, porque além de tratar sobre os dilemas que qualquer ser humano enfrenta, é um filme feliz: os minutos finais são um happening, uma verdadeira festa em homenagem às nossas contradições.

Família é uma prisão, mas também é uma pátria. Paixões dão um nó na cabeça da gente, mas seus pequenos grandes momentos compensam a trabalheira. E a vida, aqui ou na Índia ou onde for, é bem parecida: mudam a música, a roupa e os costumes, mas o que a gente sente, profundamente, é muito igual.

Eu recomendo o filme para aqueles que são providos de paciência e de sensibilidade. Paciência porque o filme causa certo estranhamento no início e a produção é modesta se comparada aos padrões de um *Homem-Aranha*. E sensibilidade para perceber o quanto o filme nos envolve sem pressa, nos diverte, nos surpreende e nos seduz.

É fácil produzir um filme que provoque lágrimas na plateia. Uma mocinha com câncer, um dilema entre dois amores, uma mãe que tem que renunciar a um filho, um suicida juvenil, um patriota obrigado a renegar seu país, enfim, há métodos para. Mas comover através da felicidade e do afeto é arte. Eu fiquei com o pranto entalado na garganta de tão enternecida. Você foi avisado: sou feliz, portanto boba.

Três haicais de Benedetti

O pior do eco
é dizer as mesmas
barbaridades

Eco é a repetição de um som. Você grita, e o seu grito se multiplica, mas nada acontece. Eco é falta de diálogo. É quando nossa voz não atravessa um canyon, não chega a lugar algum: volta. Você pede aumento de salário: volta. Você reclama do governo: volta. Você chama seu amor: volta! Ele não volta. É surdo como o mundo, que não te escuta.

os blecautes
permitem que se negocie
consigo mesmo

A redução do consumo de energia, que forçosamente virou hábito no país, está fazendo com que televisores e computadores passem mais tempo desligados. Sem a interatividade com as telas, resta a interatividade com o espelho. Quem sou eu quando não estou assistindo a futebol? O que penso quando os outros não estão pensando por mim? Por que choro se não estou vendo nenhuma cena triste? O silêncio conquista o horário nobre. Pessoas viram roteiristas de si mesmas, escrevendo monólogos em suas cabeças e criando diálogos com os outros: é o contrário do eco. Recuperam-se assuntos que não costumam ser debatidos em cadeia nacional. Resgata-se a extinta conversa em família.

somos tristeza
por isso a alegria
é uma proeza

Ninguém nos escuta. Perguntas ficam sem resposta. Nossas orações não são atendidas. Há canyons por todos os lados. Eco... eco... eco... E tristes tocamos a vida, porém valentes, e vez que outra descobrindo um prazer inesperado em pequenas coisas, como um papo franco, um ouvido atento, uma mão estendida, gestos que aproximam. Proezas que cabem em poemas mínimos, como os do uruguaio Mario Benedetti, captador sensível da alma humana.

Imunidade sexual

8 de março é o dia internacional da Vilma, aquela mulher que foi capaz de entrar num hospital e roubar uma criança recém-nascida, lixando-se para o sofrimento da mãe biológica, lixando-se para as mentiras que teria que contar a vida inteira, lixando-se para a lei, e, não contente com isso, repetiu o golpe anos depois, roubando outra criança de outra mãe, e a gente reluta em chamá-la do que ela realmente é – uma vigarista –, porque ela alega ter feito o que fez por amor, porque deu amor às crianças, e amor pra lá e amor pra cá... Como a maternidade é redentora, mesmo a maternidade fajuta.

Eu peguei o exemplo da Vilma como poderia ter pego o exemplo de outras tantas mulheres que não são sublimes nem maravilhosas mas que parecem ter nascido indultadas de todos os pecados pelo simples fato de serem mulheres, e como tais, com a possibilidade de virem a ser mães, e, portanto, santas por antecipação.

Ser mulher não é atenuante, ou não deveria ser. Mulheres fraudam a previdência, mulheres cuidam de cativeiros onde os filhos de outras mulheres ficam sequestrados, mulheres obrigam suas crianças a pedir dinheiro quando o sinal fecha. Curvilíneas mulheres, doces mulheres, apaixonantes e apaixonadas mulheres, mas que também sabem ser bem sacanas.

Eu sei que o momento merece que se enalteçam os mulherões, as que trabalham, educam, cozinham, arrumam a vida de todos e ainda são amorosas e divertidas. São estas mulheres que fazem parte da sua turma? Então 8 de março deveria ser o dia internacional da sua turma, da nossa turma. O dia internacional das nossas vizinhas. O dia internacional do nosso grupo de estudo. O dia internacional das nossas colegas de academia. Não o dia internacional de todas as criaturas que nasceram com cromossomos XX, como se isso nos desse imunidade.

A nosso favor temos a história individual de cada uma. A nosso favor temos a oportunidade de assumir diversos papéis e de dar conta direitinho de cada um deles. A nosso favor temos todos os direitos que conquistamos de alguns anos pra cá e a solidariedade de lutar por aquelas mulheres que ainda não conquistaram os seus. E temos, sim, a nosso favor, o privilégio de poder gerar filhos, ou de adotá-los legalmente, e de sermos mães, entre tantas outras experiências igualmente fantásticas. Ter orgulho de ser mulher, só por ser mulher, apenas por isso? Calma aí. Tenhamos orgulho de ser o que a gente é, tenhamos orgulho de ter feito amigos verdadeiros, de trabalhar, de ter ajudado a constituir uma família honesta e batalhadora. Que 8 de março seja o dia internacional das pessoas bacanas, usem batom, ou bigode, ou ambos.

Janela da alma

Dos cinco sentidos, a visão, para mim, sempre foi soberana. Eu poderia perder tudo: audição, olfato, tato e paladar, desde que mantivesse a função dos olhos. O problema é que, nos dias que correm, já não sabemos direito que função é essa.

Há muita oferta para nossas retinas. Prédios são construídos de um dia para o outro: retira-se o tapume e shazam. Cartazes publicitários cobrem a cidade. Gente à beça na rua, passando umas pelas outras sem se ver. Por todo canto, lojas, shoppings, camelôs. A poluição sonora também provoca uma certa miopia: barulho demais embaralha a vista. Dentro de casa, dezenas de canais de televisão. Toda espécie de revista. Jornais. Sites na internet. O telefone toca e do outro lado há gente oferecendo cartões de crédito e planos de saúde. Se saio de carro sou abordada no sinal por distribuidores de folhetos imobiliários e de anúncios de galeterias. Quando eu quero uma coisa só, sempre há um leque de opções a escolher e um monte de gente pra consultar.

Mas eu quero uma coisa só.

Quero foco. Quero restrição, como diz Wim Wenders no imperdível documentário *Janela da alma*. Se você acredita que ainda é possível enxergar uma vida diferente desta que nos empurram goela abaixo, não deixe de assistir, caso volte a entrar em cartaz.

O documentário mostra depoimentos de pessoas que têm algum problema de visão ou que estão totalmente cegas. É um ensaio sobre a cegueira (aliás, José Saramago está entre os depoentes), mas não só da cegueira concreta, e sim da cegueira abstrata, a cegueira da mente e dos sentimentos.

Que mundo é esse que nos oferta tanta coisa, mas não oferece nada do que precisamos realmente? Que maravilha de sociedade é essa que nos entope de porcaria na televisão, que nos dá a ilusão de termos tantos amigos, que sugere termos tanto conforto e informação, quando na verdade a quantidade é virtual e o vazio é imenso? A palavra simplicidade foi a primeira a desaparecer do nosso campo de visão. Saiu o simples, entrou o pobre. Pobre de espírito, pobre de humor, pobre de sensibilidade, pobre de educação. Podemos até estar enxergando direito, mas nossos pensamentos e atitudes andam desfocados.

Sinto como se estivéssemos sofrendo um sequestro relâmpago. Viramos refém desta doença de ter que consumir desenfreadamente, de só dizer sim para o que é comercial e está na moda. *Janela da alma* nada mais é do que uma tentativa de resgate, do nosso resgate. Se você não se emocionar, saia do cinema direto para o oftalmologista.

Mitos

Os Beatles foram a minha Xuxa. Passei a infância ouvindo todos os discos do grupo, acompanhando os raros, inocentes e monocromáticos clipes que passavam na televisão, e também vendo-os no cinema. Naturalmente, tornaram-se um mito pra mim, assim como para o mundo inteiro. Então fui ler a célebre entrevista que John Lennon deu para a revista Rolling Stone em 1970, republicada recentemente em livro com o título *Lembranças de Lennon*. E lá está, a nu, um cara prepotente, que desprezava os demais integrantes do grupo, se autoendeusava e era obcecado por não fugir da realidade, ainda que não fizesse outra coisa. Meu ídolo.

A leitura do livro em nada mudou minha admiração pelos Beatles e continuo achando que Lennon foi uma das maiores feras do rock mundial. Sei que na ocasião o músico estava magoado com a reação pública diante de seu casamento com Yoko Ono, que foi considerada o estopim da dissolução da banda, e fez da entrevista um ato de desforra, mas o fez de maneira tão desastrada que é inevitável uma má impressão. Sujeito sincero, idealista, apaixonado, mas com certa vocação para marionete: entregou-se nas mãos dos empresários, nas mãos de Yoko, nas mãos de gurus indianos... tanto clamou por liberdade, mas parece ter provado pouco desta droga.

É uma impressão pessoal e posso estar equivocada. O que me trouxe para este assunto é que ficou claro para mim que a arte é sempre superior ao artista, e que a angústia deste é igualar-se à imagem que projeta, um desafio desumano e inalcançável. A arte é soberana, o artista é um reles mortal. A arte emociona, o artista resmunga. A arte é única, e o artista tem os mesmos defeitos que a gente.

Uma atuação no palco sempre será mais digna do que uma briga de bar, uma letra de música sempre comoverá mais do que uma conversa por telefone, um bom quadro vale mais do que uma polaroide. A arte transcende, e o artista que tenta levar esta transcendência para seu dia-a-dia torna-se patético, vira personagem de si mesmo. Artistas comem omelete, vão ao banheiro, espirram, têm medo de assalto. E só são felizes quando não colocam em atrito sua genialidade com sua desoladora humanidade.

Gostei da entrevista de Lennon nas partes em que ele opina sobre o rock, quando ele diz que é uma música que agrada porque é primitiva e não tem embromação, mexe com as pessoas, permite que a gente usufrua do nosso corpo, é pulsante, real. Exatamente por essas razões, o rock é meu gênero musical preferido. Mas quando ele fala dos Beatles, especificamente, volta a brigar consigo mesmo, fica tenso, como se buscasse dar à sua vida o mesmo status da sua arte. Passa a renegar os Beatles para poder ter vida própria. Luta para que, ao tornar-se um ex-beatle, não vire um ex-alguém.

Lennon foi assassinado dez anos depois da entrevista, aos 40 de idade. É um ícone, e seria mesmo que estivesse vivo e compondo mantras no topo do Himalaia. Entrevistas não importam nada, apenas satisfazem nosso voyeurismo. A arte é o que conta, é o que fica, é o que não morre, e o artista nunca é páreo pra ela. Os discos dos Beatles ora confirmam a entrevista de John Lennon e ora a desmentem. Na dúvida, fico com a versão musical dos fatos.

Salvem as vogais

O que pode ser mais miserável do que uma pessoa faminta, sem teto, sem futuro, sem saúde? Sabemos que não são poucos os miseráveis do país, mas às vezes esquecemos da quantidade também imensa de miseráveis que está em nossa órbita, cuja barriga não está vazia, mas a cabeça, totalmente.

Acompanhei a transcrição dos chats que foram divulgados pela imprensa, para que se saiba mais sobre o que aconteceu com aquele rapaz que morreu num posto de gasolina, depois de uma briga. Lula nem precisava levar os ministros para o Nordeste para que eles conhecessem a pobreza extrema, bastaria que entrassem numa sala de bate-papo virtual. Miséria psicológica também atola um país.

Dependendo da escolha do assunto, é possível encontrar na internet conversas que fazem sentido, com frases que têm começo, meio e fim, mas na maioria das salas o que costuma rolar é um papo furado da pior qualidade, com altos teores de vulgaridade e agressividade. Um bando de seres abreviados, tal como escrevem. Um miserê de dar medo.

A fome de pão e leite tem que ser saciada com urgência, mas nossa miséria é mais ampla e manifesta-se de várias maneiras, não só através da perda de peso e dos ossos aparecendo sob a pele. Miséria é perda de discernimento. Perda de amor-próprio. Perda de limites. Até perda de vogais: vc q tc cmg? Normal: códigos de internautas. Mas me diz se não é o retrato da penúria.

Eu vejo miséria por todos os lados, em todos os andares dos edifícios, dentro dos carros, fora deles, em portas de escolas e dentro delas, do lado de fora da nossa casa e também ali comodamente instalada, miséria espiritual, miséria afetiva, miséria intelectual, indigências que tornam o ser humano cada dia mais tosco e bruto. Eu sei que a vida é assim mesmo, que os tempos são outros, que não adianta vir com moralismo e com este papo de que a família tem que participar mais da vida dos filhos, nada adianta, o rio vai seguir correndo para a mesma direção. Eu sei. Mas se conformar é que são elas.

O alfabeto tem 21 consoantes, se contarmos o K, o Y e o W. E apenas 5 vogais. Perdê-las é uma metáfora da miséria humana. Cada dia abandonamos as poucas coisas em nós que são abertas e pronunciáveis. Daqui a pouco vamos apenas rugir. Grrrrrrr. E voltar para a caverna de onde todos viemos.

Ainda sobre as mães

Gostei muito do que a psicanalista Diana Corso escreveu recentemente em Zero Hora, em sua coluna. Ela desprezou o tom de glorificação nas homenagens às mães, citou Elisabeth Badinter (que escreveu *O mito do amor materno*) e disse que estava na hora de sermos menos hipócritas, já que ser mãe não é esta maravilha toda. Eu defendo esta mesma ideia, inclusive abordei isso num dos capítulos do meu livro Divã. Acho que ser mãe é ótimo e é uma encrenca, e não há nenhuma frieza nesta constatação, e muito menos falta de amor. É apenas mais uma de nossas ambiguidades.

Estou voltando a este assunto, longe de qualquer data comemorativa, por causa de um comercial de tevê premiado no exterior. O filme mostra um pai e um filho no supermercado. O filho coloca um pacote de salgadinhos no carrinho. O pai retira, devolvendo-o à prateleira. O garoto, teimoso, pega o pacote e recoloca-o no carrinho. O pai calmamente devolve o pacote para a prateleira. Aí o garoto começa a chorar. Do choro vai aos gritos. Atira-se no chão. Faz um escândalo. A cena chama a atenção dos outros clientes, que olham para o pai com ares de reprovação. A criança segue aos berros, um inferno. Corta. Entra uma frase no vídeo: "Use camisinha".

O comercial combate, com bom humor, duas coisas. Primeiro, a ideia de que sob hipótese nenhuma devemos questionar a existência dos filhos em nossas vidas. E também combate a impressão de que camisinha só serve para prevenir a Aids, quando ela é na verdade um método contraceptivo. Achei criativo e engraçado. Mas ele seria realmente ousado se a criança estivesse com a mãe.

Ainda não ficamos à vontade para expor publicamente uma das maiores angústias da mulher de hoje: como conciliar vida profissional e amorosa com a maternidade, que é uma glória, porém nos rouba muito em energia e tempo. Como conquistar tudo o que está ao nosso alcance se ainda somos escravizadas pelas exigências domésticas? Como ser livres diante de um, dois ou três filhos que nos requisitam na infância, na adolescência e muitas vezes ainda na idade adulta? Imagine esse mesmo comercial, com a mesma cena corriqueira que foi mostrada (corriqueira para quem tem filhos mal-educados, se bem que os nossos, mesmo adoráveis, já fizeram algo parecido um dia). Imagine se depois de todo o escândalo infantil entrasse a frase: "Tome pílula". O Papa se descabelaria, caso ainda tivesse cabelos. E o resto da sociedade iria passar mal do estômago.

Eu adoro ser mãe, mas não as 24 horas do dia. Até mesmo as que contam com um séquito de babás e motoristas fantasiam, de vez em quando, com uma vida sem dependentes. Não é pecado, não somos santas.

Larguem-nos sozinhas num supermercado com um garoto histérico; impeçam-nos de trabalhar ou estudar por causa de uma criança; coloquem um bebê chorão sob nossa guarda dia e noite. É aí que a supermulher descobre que é humana.

Mesmo assim

*"Como é que você pode continuar gostando de um cara tão instável, que num dia te adora e no outro mal fala contigo?"

"Não acredito que você ainda está parado nessa garota. Cara, ela dá o maior mole pra todo mundo... tudo bem, é o jeitinho dela, mas, ó, te liga."

"Ele é muito querido, muito engraçado, mas também muito vadio: você vai passar fome ao lado deste homem!"

"O que adianta ela ser bonita, rapaz? Te trata como escravo."*

É ótimo ter amigos, principalmente amigos que se preocupam com a gente. Mas, quando o assunto é amor, conselhos servem pra nada. Não que os amigos estejam errados, ao contrário: a gente sabe que eles estão com toda a razão, que eles estão vendo tudo aquilo que a gente finge não ver. O problema é que o amor não tem lógica. Você reconhece que a pessoa não serve pra você, mas a considera simplesmente a-do-rá-vel.

Você sabe que ela, ELA, o grande amor da sua vida, é uma maluca de carteirinha, a maior viajandona do planeta, não diz coisa com coisa, e tem a estranha mania de se trancar no quarto por três dias seguidos, sem sair, sem abrir a porta, sem atender o telefone. Aí um belo dia ela sai e não dá a menor satisfação pra ninguém. Você consegue se imaginar vivendo com alguém assim? Não, mas também não consegue se imaginar vivendo sem.

E você aí, mulher. Enroladíssima com aquele cara, você sabe quem. Ele não tem o melhor caráter do mundo. Não tem o melhor currículo do mundo. Mas tem o melhor beijo do mundo e você, cada vez que ensaia dizer não, acaba dizendo sim, sim, sim. Porque você o ama. Mesmo ele sendo meio rude, meio ingrato, meio sonso. Mesmo assim.

Vou ficar torcendo para que nenhum desses exemplos caia como uma luva pra você. Desejo que tudo isso que foi escrito seja pura ficção pra você, que você nunca passe por uma doideira dessas. Mas não esqueça que doidas e doidos também são apaixonantes. Assim como os inconstantes e as ciumentas. E os alienados e as histéricas. Todos uma praga, todos cativantes. Ninguém está livre de topar com o cara errado e a garota mais encrenqueira, e amá-los muito, mesmo assim.

Meu candidato a presidente

Ele, ou ela, tem entre 40 e 60 anos, talvez um pouco menos ou um pouco mais, a chamada meia-idade, em que já se fizeram algumas besteiras e por conta delas sabe-se o que vale a pena e o que não vale nessa vida.

Nasceu no Norte ou no Sul, não importa, desde que tenha estudado, e se foi em escola pública ou privada, também não importa, desde que tenha lido muito na juventude e mantido o hábito até hoje, e que através da leitura tenha descoberto que o mundo é injusto, mas não está estragado para sempre, que um pouco de idealismo é necessário, mas só um pouco, e que coisas como bom senso e sensibilidade não precisam sobreviver apenas na ficção.

Ele, ou ela, é prático, objetivo e bem-humorado, mas não é idiota. Está interessado em ter parceiros que governem como quem opera, como quem advoga, como quem canta, como quem leciona: com profissionalismo e voltado para o bem do outro, e que o dinheiro seja um pagamento pelos serviços prestados, não um meio ilícito de enriquecer. Alianças, ele quer fazer com todos os setores da sociedade, e basta, e já é muito.

Ele, ou ela, sabe comunicar-se porque seu ofício exige isso, mas comunicar-se é dizer o que pensa e o que faz, e como faz, e por que faz, e se ele possui ou não carisma, é uma questão de sorte, se calhar até tem. Mas não é bonito nem feio: é inteligente. Não é comunista nem neoliberal: é sensato. Não é coronelista nem ex-estudante de Harvard: é honesto.

Meu candidato, ou candidata, é casado, ou solteiro, ou ajuntado, ou gay, pode ter filhos ou não: problema dele. Paga os impostos em dia, tem orgulho suficiente para zelar por seu currículo, possui um projeto realista e bem traçado, e não está muito interessado em ser moderno, mas em ser útil.

Meu candidato, ou candidata, é católico, evangélico, ateu, budista, não sei, não é da minha conta. É avançado quando se trata de melhorar as condições de vida das minorias estigmatizadas e das maiorias excluídas, e é retrógrado em questão de finanças: só gasta o que tem em caixa, e não tem duas.

Ele, ou ela, é uma pessoa que tem ideias praticáveis, que aceita as boas sugestões vindas de outros partidos, que não tem vergonha de não ser malandro e sim vergonha de pertencer a uma classe tão desprovida de credibilidade, e tenta reverter isso cumprindo sua missão, que é curta, e sendo curta ele concentra nela todos os seus esforços.

Pronto. Abri meu voto.

A nostalgia dos mitos

No início deste mês morreu a diva do cinema mexicano Maria Félix, cuja carreira infelizmente não acompanhei. No entanto, mesmo não sendo minha contemporânea, senti uma certa nostalgia ao ler as reportagens que lamentaram sua morte, nostalgia essa que se repete cada vez que falam sobre Marilyn Monroe, Rita Hayworth ou Greta Garbo. Elas não eram apenas grandes atrizes: eram mitos. Assim como também foram mitos Clark Gable, Burt Lancaster e Humphrey Bogart. Essa turma nunca teve correspondência imediata com a realidade, eram quase abstrações. Bastava que mantivessem um toco de cigarro aceso no canto da boca ou que ajeitassem o decote com uma certa malícia para incendiar o imaginário coletivo.

Coisas de antigamente. Mitos estão em falta no mercado. Quando muito, restam-nos alguns ícones, seres representativos de uma época, como Madonna ou Pelé, e as gerações seguintes nem isso conhecerão. Qualquer ator, esportista, dançarino, político ou músico terá sua vida íntima desvendada já no seu primeiro minuto de fama, nem serão necessários os outros 14 para desconstruí-lo. Os novos ídolos já vêm com raios

X: os conhecemos de trás pra frente através de entrevistas, fotos, aparições, indiscrições, games, flagrantes, biografias autorizadas e não-autorizadas. Suas vidas são um ininterrupto making off, que acaba sendo mais divertido do que o espetáculo propriamente dito. Leo di Caprio, por exemplo, com seu boné virado pra trás, suas idas diárias ao supermercado com Gisele, seus passeios com o cachorro na beira da praia, e cuja mãe foi parar em cima de um trio elétrico na Bahia: um mito? Mito é o meu vizinho do décimo andar, que só sai de casa às quintas-feiras à noite de óculos escuros e cujo nome verdadeiro ninguém descobriu até hoje.

Para haver um mito, é preciso mistério, e para haver mistério é preciso distância, desconhecimento, interrogações. O excesso de informação inviabiliza o surgimento de figuras enigmáticas, de personagens que povoem nossa imaginação tão carente de estímulo. Conhecemos as preferências sexuais de Hugh Grant, sabemos que Cláudia Raia sonha em gerar uma menina do signo de aquário e colamos na parede o pôster do clone do Lucas, que veio de brinde com a trilha sonora. Não vivemos numa aldeia global, e sim num barraco global, embolados uns nos outros em gritante promiscuidade. É isso que faz a gente ter saudades do que não viveu.

Montanha-russa

Li numa revista que cientistas americanos fizeram um levantamento sobre os incidentes que ocorrem depois de se andar de montanha-russa. Nos últimos 10 anos, 58 pessoas sofreram lesões cerebrais, sendo que oito delas morreram. Não é um número tão significativo, se levarmos em conta que 320 milhões de pessoas por ano costumam frequentar montanhas-russas instaladas em parques de diversões dos Estados Unidos. 320 milhões que buscam adrenalina num sobe-e-desce esquizofrenizante. Essa gente nunca se apaixonou?

Andei de montanha-russa uma única vez. Quase enfartei aos 12 anos de idade. E numa ocasião também andei naqueles brinquedos que fazem um looping de 360 graus a toda velocidade, com a cadeira indo pra frente e pra trás numa tentativa deliberada de quebrar o seu pescoço, e por vezes deixando você de cabeça pra baixo por alguns seculares segundos. Nunca mais fui a mesma. Meu coeficiente de inteligência até hoje oscila entre -13 e 240, conforme o horário do dia.

De montanha-russa, basta a vida. Quer impacto, é só viver uma tórrida relação de amor. Namorar uma pessoa que às vezes está a fim e às vezes não, que à noite parece que vai pedir você em casamento e na manhã seguinte parece que nunca mais vai telefonar. Montanha-russa é você ter certeza de que a paixão é o único sentimento que justifica a existência do ser humano e, depois da primeira decepção, não ter a menor dúvida de que tudo não passa de uma baboseira literária para enganar os trouxas.

Quer ter a sensação de que sua cabeça vai explodir? Tenha filhos. Durante o almoço eles amam você e durante o jantar eles sugerem que você faça uma viagem pra Cabul. De manhã eles estudam e à tarde eles arrumam a mochila pra fugir de casa. Na quinta-feira sua filha fica com o Jorge, na sexta fica com o Rique e no sábado fica em depressão. Na segunda-feira seu filho bate com o carro, na terça ele esquece um baseado dentro da gaveta e na quarta ele diz que não tem a menor ideia de como aquilo foi parar ali.

Se a gente quer sobe-e-desce, basta acompanhar a cotação do dólar. Medo e prazer? Sexo sem camisinha. Queda livre? Salários. Ziguezague? Estradas esburacadas. O que não falta no mundo são situações que estimulam nosso sistema nervoso. Vou andar de montanha-russa e correr o risco de comprimir minha coluna vertebral a troco de quê? Sofro e me divirto aqui no chão mesmo.

Mulheres que amam de menos

Eu quero dar meu depoimento. Creio ter um problema. Se mulheres que amam demais são aquelas que sufocam seus parceiros, que não confiam neles, que investigam cada passo que eles dão e que não conseguem pensar em mais nada a não ser em fantasiosas traições, então eu preciso admitir: sou uma mulher que ama de menos.

Eu nunca abri a caixa de mensagens do celular do meu marido.

Eu nunca abri um papel que estivesse em sua carteira.

Eu nunca fico irritada se uma colega de trabalho telefona pra ele.

Eu não escuto a conversa dele na extensão.

Eu não controlo o tanque de gasolina do carro dele para saber se ele andou muito ou pouco.

Eu não me importo quando ele acha outra mulher bonita, desde que ela seja realmente bonita. Se não for, é porque ele tem mau gosto.

Eu não me sinto insegura se ele não me faz declarações de amor a toda hora.

Eu não azucrino a vida dele.

Segundo o que tenho visto por aí, meu diagnóstico é lamentável: eu o amo pouco. Será?

Obsessão e descontrole são doenças sérias e merecem respeito e tratamento, mas batizar isso de "amar demais" é uma romantização e um desserviço às mulheres e aos homens. Fica implícito que amar tem medida, que amar têm limite, quando na verdade amar nunca é demais. O que existe são mulheres e homens que têm baixa autoestima, que têm níveis exagerados de insegurança e que não sabem a diferença entre amor e possessão. E têm aqueles que são apenas ciumentos e desconfiados, tornando-se chatos demais.

Mas se todo mundo concorda que uma patologia pode ser batizada de "amor demais", então eu vou fundar As Mulheres que Amam de Menos, porque, pelo visto, quem é calma, quem não invade a privacidade do outro e quem confia na pessoa que escolheu pra viver também está doente.

Dia e noite

A diurna só falta acreditar em Papai Noel de tão otimista. Levanta de manhã com uma energia irritante: faz exercícios, lê o jornal e cumpre seus compromissos de uma maneira tão entusiasmada que beira a inocência.

A noturna espreita a morte, sabe que não terá muito tempo de vida.

A diurna não se estressa, acha que pra tudo dá-se um jeito, que de grave só há duas ou três coisas na vida, o resto se resolve.

A noturna descobre caroços embaixo da axila.

A diurna faz contas e acredita que o dinheiro vai dar, folheia revistas e imagina-se voando para as ilhas da Polinésia qualquer dia desses.

A noturna pretende nunca mais entrar num avião. Teme pela sua segurança, ouve barulhos estranhos vindos da sala. Promete a si mesma fazer um seguro de vida amanhã bem cedo, mas duvida que sobreviverá ao período de carência.

A diurna planeja mudanças, inventa uns projetos que vão lhe tomar muito tempo, mas tudo bem, ela se olha no espelho e calcula que tem, no mínimo, mais 50 anos de vida útil.

A noturna não levanta da cama, não quer abrir os olhos, não consegue pegar no sono porque está pensando em como vai pagar o IPTU, em como vai fazer para que seus filhos nunca sofram uma violência, em como vai impedir a descalcificação de seus ossos, e ela tem certeza de que amanhã estará chovendo.

A diurna trabalha sem pensar em problemas, está disposta a comprar uma roupa nova e ri sozinha quando lembra da besteira que disse outro dia.

A noturna lembra de todas as besteiras que disse na vida e quer morrer. Fica se perguntando por que não tomou determinada atitude 30 anos atrás, por que não casou com aquele outro 20 anos atrás, por que não disse para sua falecida mãe tudo o que gostaria de ter dito, por que não comprou uma blusa preta em vez daquela fúcsia que vai mofar no armário.

Diurna e noturna, dupla existência, uma mesma mulher sob influência distinta do sol e da lua. De dia, o paraíso, a coragem, as facilidades. De noite, o inferno, o pesadelo, as más vibrações. A diurna é eufórica; a noturna, semitrágica. O silêncio absoluto, quando não vela nosso sono, diverte-se nos torturando.

O blusão

O mundo fashion é assunto recorrente nos veículos de comunicação, e o mulherio agradece. Eu não gosto muito de sair pra comprar roupa, mas não nego que devoro todas as revistas de moda e sonho com o dia em que todas aquelas blusas e vestidos se materializarão no meu armário apenas com a força do meu pensamento.

Pois bem. Outro dia me perguntaram qual é a peça que eu considero indispensável no guarda-roupa feminino. A repórter, intuindo minha provável falta de imaginação, começou a anotar "pretinho básico" antes mesmo que eu respondesse. Pode apagar, filha, não é pretinho básico coisa nenhuma. A peça que eu acho fundamental é o blusão. Amarrado na cintura.

Você vai dizer que eu não tenho mais idade pra isso. É verdade, só que eu tenho quadris pra isso. Se você é mulher, sabe que aquilo que os homens adoram em nós é justamente o que nos faz suar nas academias para tentar perder: quadris enormes. Que, dependendo da cor e do caimento da roupa que estivermos vestindo, é possível disfarçar. Mas tem hora que não tem jeito. Tem hora que nem Jesus salva, só o blusão amarrado na cintura.

Calça branca, por exemplo. Você encara uma calça branca e um top? Eu, se sair assim na rua, sou convidada na mesma hora para integrar um grupo de pagode. É preciso colocar algo amarrado na cintura, de repente uma jaqueta jeans, fazendo o estilo despojado, assim como quem acha que vai esfriar mais tarde. Mas pode nevar que eu não tiro a jaqueta dali de jeito nenhum.

Na academia, outro suplício. As roupas de ginástica são lindas, coloridas e aderentes. No inverno, tudo bem: eu chego de agasalho, aí faço meus exercícios, e à medida que vou começando a suar, tiro-o e amarro-o você sabe onde. Mas, no auge do verão, como justificar aquele treco ali na sua cintura? Sei lá, é preciso usar a criatividade, ou então desistir das roupas de suplex e fazer ginástica com um camisetão até o joelho.

Por mim eu usaria um blusão amarrado na cintura até na praia. Aliás, principalmente na praia. Mas me resta uma migalha de senso de ridículo. Então eu só uso quando o blusão amarrado na cintura parece ser um simples acessório, um toque irreverente na roupa, um recurso providencial caso o tempo vire. Mas ele está mesmo é protegendo minha retaguarda naqueles dias em que nem o pretinho básico funciona.

A Playboy de Amyr Klink

A Playboy não é apenas a revista de nu feminino mais famosa do país ou a revista que contém as entrevistas mais interessantes. A Playboy é também o símbolo da tolerância, da inteligência e da modernidade entre casais.

Outro dia alguém comentou, numa roda de amigos, que a esposa de Amyr Klink havia mandado uma revista Playboy de presente para o marido quando ele esteve em uma de suas viagens glaciais solitárias. Fui informada que ela deu este depoimento num documentário que o canal GNT passou sobre o navegador. Não vi o programa, mas parabéns, senhora Klink.

O homem está lá longe, mais sozinho que goleiro de time que está dando goleada, e tem a chance de receber umas revistas. Que revistas? Se eu fosse mulher dele, mandava uma revista de informação, para ele saber em que pé anda o mundo, e talvez uma revista sobre assuntos náuticos, para ele confrontar sua experiência com a dos outros. Mas para se sentir em casa, uma Playboy, é lógico.

Mulheres que se sentem ameaçadas por fantasias precisam aprender a controlar sua neurose. A fantasia é inerente ao homem e à própria mulher. Ninguém segura o rojão da realidade 24 horas por dia. Sonhar é necessário e benigno. Homem nenhum vai pedir o divórcio só porque viu a foto de uma Sheila pelada. Não se trata de pouca vergonha: é vergonha nenhuma. O que ele vai fazer com sua imaginação é problema dele e em benefício dele. Aliás, nada que as mulheres também não façam.

Uma mulher que envie uma Playboy para o marido exilado, em vez de mandar apenas a foto dos filhinhos, é uma mulher que ama, que respeita e que tem senso de humor. É uma mulher que sabe que não é proprietária de ninguém, que confia em si mesma e na relação que estabeleceu. É uma mulher que sabe que uma revista é uma revista e nada mais.

Há, no entanto, mulheres que competem com a individualidade do outro e chamam isso de amor. Senhora Klink, por ter feito a generosidade de fornecer a seu marido um pouco de fantasia em sua solidão voluntária, toque aqui. Amor também é isso.

O riso e a tosse

Se você não conseguiu ingresso para as primeiras apresentações da peça *Variações enigmáticas*, com Paulo Autran e Cecil Thiré, siga batalhando, porque ela seguirá em cartaz neste próximo final de semana no Theatro São Pedro. Não bastasse ver dois monstros sagrados em cena, o texto é muito bom. O que às vezes deixa a desejar é a reação da plateia.

O Rio Grande do Sul tem fama de ter um público que respeita o teatro. Faz jus. Os celulares costumam ficar desligados e ninguém chega depois de a peça começar. Mas tem duas coisas intrigantes que seguem acontecendo aqui e no país inteiro, não sei se você já reparou.

A primeira delas: tosse. As pessoas tossem em filas de ônibus, bares e escritórios. Até aí, normal. No inverno, mais normal ainda. Mas é no teatro que a tosse se manifesta com toda sua insistência. Alguém tosse na esquerda, outro tosse na direita, e daqui a pouco instaura-se uma sinfonia que quase abafa a fala dos atores. Será coincidência o fato de vários sujeitos com gripe, coqueluche, tuberculose e bronquite irem ao teatro no mesmo dia? Pouco provável. Não estão doentes, salvo um ou dois. O que acontece é que a obrigação de fazer silêncio estimula a fabricação de ruídos. É uma transgressão inconsciente. Exige-se mudez, então retribui-se com expectorações.

A segunda coisa que me chama a atenção: o excesso de riso em cenas que não são tão engraçadas assim, em cenas que estimulariam apenas um sorriso silencioso ou um "rá" discretinho. Em comédias rasgadas, é bem-vinda a gargalhada. Mas em textos cujo humor é mais sutil, como no caso de *Variações enigmáticas*, fica forçado. Será deficiência minha, sou eu que ando carrancuda demais? Pode ser, mas tenho outro palpite. O que acontece, e acho que é inconsciente também, é que as pessoas saem de casa para se divertir, achando que diversão é sinônimo de riso. Se elas não rirem muito, vai parecer que não se divertiram tanto, então o riso é generoso, o riso é farto, o riso sai de graça, sem que se deem conta de que pensar e se emocionar também compensam o preço do ingresso.

Têm também aqueles que aplaudem de pé qualquer coisa. Mas o exemplo não se aplica aqui, porque *Variações enigmáticas* não é qualquer coisa e merece a reverência.

Os inimigos da verdade

Acabo de ler um livro espetacular, *Quando Nietzsche chorou*, de Irvin Yalom, que narra, em forma de romance de ficção, o nascimento da psicanálise. É uma leitura inquietante e ao mesmo tempo acessível, que tem como personagem principal um dos maiores filósofos do século 19. Entre tantas frases geniais, escolhi e comento aqui uma: "Os inimigos da verdade não são as mentiras, mas as convicções".

Realmente. Nossas convicções é que impedem que a verdade se estabeleça em nossas vidas, são as convicções que nos aprisionam, nos limitam e nos segmentam por grupos, impedindo que a gente desenvolva nossa singularidade.

O amor é eterno: verdade ou mentira? O amor acaba: verdade ou mentira? São convicções que só podem ser comprovadas quando vivenciadas, e podem ser vivenciadas tanto uma coisa quanto a outra: amores finitos e infinitos. Costumamos teorizar sobre o assunto, mas nossas conclusões são meros chutes, pois os amores não simpatizam nem um pouco com estatísticas e enquadramentos, cada amor é de um jeito.

E seguimos nós: não sou mulher disso, não sou homem daquilo, nasci pra ser mãe, não nasci pra casar, eu me garanto, eu sei de tudo, aquele ali não presta, aquela outra não vale nada, só quem dá duro é que vence na vida, só os trouxas é que se matam trabalhando, não preciso de terapia, não vivo sem terapia, nasci pra brilhar, tudo dá errado pra mim: e todos têm certeza do que estão dizendo – certeza absoluta.

Alguém lá tem certeza absoluta do que quer que seja? Somos todos novatos na vida, cada dia é uma incógnita, podemos ser surpreendidos pelas nossas próprias reações, repensamos mil vezes sobre os mais diversos temas: as ditas "certezas" apenas são escudos que nos protegem das mudanças. Mudar é difícil. Crescer é penoso. Olhar para dentro de si mesmo, profundamente, é sempre perturbador.

Não somos todos iguais como damos a entender. Mas vivemos todos de um jeito muito parecido. É mais fácil se manter integrado, é mais seguro saber direitinho quem se é e o que se quer da vida. Eu nunca vou fazer isso, eu jamais terei coragem de fazer aquilo: será mesmo? Quanto medo das nossas capacidades. Melhor adotar meia dúzia de convicções, assim fica mais fácil manter o rumo. Que pode ser o rumo da verdade, mas também da mentira.

Porque sim

Você tem uma razão muito forte para, neste final de ano, reatar com aquela amiga a quem magoou, para passar um dia inteiro deitado na cama pensando na vida, para interromper a dieta e cair de boca no seu doce preferido. A razão inquestionável e inatacável é: porque sim.

Você passou o ano inteiro fazendo coisas porque não. Você foi a festas barulhentas e lotadas porque não queria ficar em casa sozinha. Você gastou mais dinheiro do que podia porque não contava que iria ficar sem emprego. Você se frustrou porque não conseguiu a bolsa de estudos na Inglaterra. Você passou despercebida pelo cara que estava a fim porque não ouviram suas preces. Ainda assim, você passou o ano sorridente e bem-humorada, porque não esperavam outra coisa de você.

Agora chegou a época do ano em que você não precisa mais se preocupar em dar explicação. Por quê? Porque sim. Acabei de determinar que o final do ano é o momento ideal para expurgar as culpas e para fazer tudo o que lhe passar pela cabeça, sem se importar se é politicamente correto ou incorreto, se vai dar certo ou não. É a hora de ouvir os seus instintos e atender às suas vontades, hora de se permitir uma certa irresponsabilidade, tomar umas atitudes desamparada pela razão. Por quê? Você sabe por quê.

Vou comprar um vestido vermelho, porque sempre quis ter um. Vou alugar uma moto por um dia, porque nunca tive uma moto. Vou ligar para o Gustavo e dizer que fui apaixonada por ele, porque ele nunca soube disso. Vou ler toda a obra de Shakespeare, porque me deu na telha. Vou pegar um ônibus e só descer na última parada, porque me deu vontade. Vou comprar um disco de alguém que eu nunca ouvi falar, sem escutar na loja. Porque sim.

Um exercício de desprendimento: desatar os nós que enlaçam atos e motivos. Fazer as coisas por impulso. Por quê? Porque às vezes é bom a gente mostrar pra si mesmo quem é que está no comando.

Pregos

Foi de repente. Dois quadros que tenho na parede da sala despencaram juntos. Ninguém os havia tocado, nenhuma ventania naquele dia, nenhuma obra no prédio, nenhuma rachadura. Simplesmente caíram, depois de terem permanecido seis anos inertes. Não consegui admitir essa gratuidade, fiquei procurando uma razão para a queda, haveria de ter uma. Poucos dias depois, numa dessas coincidências que não se explicam, estava lendo um livro do italiano Alessandro Baricco, chamado *Novecentos*, em que ele descrevia exatamente a mesma situação. "No silêncio mais absoluto, com tudo imóvel ao seu redor, nem sequer uma mosca se movendo, eles, *zás*. Não há uma causa. Por que precisamente neste instante? Não se sabe. *Zás*. O que ocorre a um prego para que decida que já não pode mais?"

Alessandro Baricco (leia dele o que lhe cair nas mãos) não procura desvendar esse mistério, apenas diz que assim é. Um belo dia a gente se olha no espelho e descobre que está velho. A gente acorda de manhã e descobre que não ama mais uma pessoa. Um avião passa no céu e a gente descobre que não pode ficar parado onde está nem mais um minuto. *Zás*. Nossos pregos já não nos seguram.

Costumamos chamar essa sensação de "cair a ficha", mas acho bem mais poética e avassaladora a analogia com os quadros na parede. Cair a ficha é se dar conta. Deixar cair os quadros é um pouco mais que isso, é perder a resistência, é reconhecer que há algo que já não podemos suportar. Não precisa ser necessariamente uma carga negativa, pode ser uma carga positiva, mas que nos obriga a solicitar mais força dentro de nós.

Nascemos, ficamos em pé, crescemos e a partir daí começamos a sustentar nossas inquietações, nossos desejos inconfessos, algum sofrimento silencioso e a enormidade da nossa paciência. Nossos pregos são feitos de material maciço, mas nunca se sabe quanto peso eles podem aguentar. O quanto podemos conosco? Uma boa definição para felicidade: ser leve para si mesmo.

Sobre o livro que li: é um monólogo para teatro sobre um homem que um dia foi abandonado, ainda bebê, num navio, e ali ele cresce sem jamais desembarcar nos cais em que o navio atraca, passa a vida inteira sem colocar os pés em terra firme, tocando piano em alto-mar. Acabou virando filme, chama-se *A lenda do pianista no mar*, dirigido por Giuseppe Tornatore.

Sobre os meus quadros: foram recolocados na parede. Estão novamente fixos no mesmo lugar. Até que eles, ou eu, sejamos definitivamente vencidos pelo cansaço.

O centro das atenções

Os cientistas estudam e pesquisam incansavelmente para descobrir a cura do câncer, a vacina para a Aids e tantas outras soluções que aplaquem as doenças que nos rondam. Enquanto isso, os psicanalistas tentam aliviar nossas doenças da alma, nossos solavancos do coração. Mas como nem todos têm condições de pagar umas visitas ao divã, tentam sozinhos descobrir a cura para este mal que já afligiu, aflige ou ainda irá afligir 100% da população: a dor-de-cotovelo.

Como amor é assunto recorrente desta coluna, muitos acham que tenho a fórmula mágica para aniquilar as dores provocadas pela paixão. Tenho nada. Tenho são os meus palpites. E uma antena que capta frases, depoimentos, tudo o que possa ajudar. Um dia desses uma leitora me escreveu um e-mail simpático, dizendo que havia lido ou escutado em algum lugar uma coisa que ela achava que fazia sentido: "O tempo não cura tudo. Aliás, o tempo não cura nada, o tempo apenas tira o incurável do centro das atenções".

Faz, sim, todo o sentido. Na hora da saudade, da tristeza, do desamparo, é com ele que contamos: o tempo. Queremos dormir e acordar dez anos depois curados daquela ideia fixa que se instalou no peito, aquela obsessão por alguém que já partiu de nossas vidas. No entanto, tudo o que nos invadiu com intensidade, tudo o que foi realmente verdadeiro e vivenciado profundamente não passa. Fica. Acomoda-se dentro da gente e de vez em quando cutuca, se mexe, nos faz lembrar da sua existência. O grande segredo é não se estressar com este inquilino incômodo, deixá-lo em paz no quartinho dos fundos e abrir espaço na casa para outros acontecimentos.

    Nossas atenções precisam ser redirecionadas. Ficar olhando antigas fotos, relendo antigas cartas ou lembrando antigas cenas é tirar a dor do quarto dos fundos e trazê-la para o meio da sala. Evite. O tempo só será generoso na medida em que você usá-lo para fazer coisas mais produtivas: procurar amigos sumidos, praticar um esporte, retomar um projeto adiado, viajar. As atenções têm que estar voltadas para os lados e para a frente. O quartinho dos fundos tem que ficar fechado uns tempos, a dor mantida em cativeiro, sem ser alimentada. Amores passados contentam-se com migalhas e sobrevivem muito: ajude-se, negando-lhes qualquer banquete. A fartura agora tem que ser de vida nova.

Preserve sua natureza

Salve a Mata Atlântica, não polua mares e rios, proteja o ar que a gente respira, não deixe que ipês e plátanos sejam arrancados para dar passagem a viadutos, não pise na grama, não compre nem venda animais silvestres, mas, sobretudo, preserve sua própria natureza.

Se você não nasceu para o terno e gravata, para o ar condicionado e para reuniões, não se torne um executivo, não ambicione ter tanto dinheiro, não pegue a trilha errada porque, lá adiante, vai dar preguiça de retornar e começar tudo de novo.

Se você não se imagina passando o resto da vida ao lado de uma única pessoa, se tem fome de liberdade, se gosta de estar em trânsito e experimentar toda forma de amor, e desconfia que sempre será assim, não importa a idade que tiver, então não case, não siga padrões de comportamento para os quais você suspeita não ter talento.

Se você sente que tem um amor enorme dentro de você e precisa dividir isso com alguém, se há em você generosidade suficiente para dedicar a maior parte do seu tempo a ensinar, brincar e criar uma pessoa, então não deixe de ter um filho, mesmo que não tenha com quem concebê-lo, mesmo que pense que já perdeu esse trem: perdeu nada, adote uma criança.

Se você não suporta mais ser governado, se não tem paciência para esperar as coisas acontecerem, se seu voto não tem adiantado grande coisa, se sua cabeça está cheia de ideias simples e praticáveis, se você tem o dom da oratória, muitos amigos, um ótimo caráter e acredita que pode mudar o que está aí, candidate-se, e apresente suas soluções.

Se você não é capaz de ficar com vários caras num único verão, se não tem pique para sair para a balada todas as noites, se sonha em encontrar um amor de verdade, alguém que a compreenda e seja um parceiro pra sempre, então não force outros relacionamentos, lute pelo seu ideal romântico, não se avexe por estar na contramão.

Não devaste nem polua você mesmo.

Promessas matrimoniais

Em maio de 1998, escrevi um texto em que afirmava que achava bonito o ritual do casamento na igreja, com seus vestidos brancos e tapetes vermelhos, mas que a única coisa que me desagradava era o sermão do padre: "Promete ser fiel na alegria e na tristeza, na saúde e na doença, amando-lhe e respeitando-lhe até que a morte os separe?" Acho simplista e um pouco fora da realidade. Dou aqui novas sugestões de sermões:

- Promete não deixar a paixão fazer de você uma pessoa controladora, e sim respeitar a individualidade do seu amado, lembrando sempre que ele não pertence a você e que está ao seu lado por livre e espontânea vontade?
- Promete saber ser amiga e ser amante, sabendo exatamente quando devem entrar em cena uma e outra, sem que isso a transforme numa pessoa de dupla identidade ou numa pessoa menos romântica?
- Promete fazer da passagem dos anos uma via de amadurecimento e não uma via de cobranças por sonhos idealizados que não chegaram a se concretizar?

- Promete sentir prazer de estar com a pessoa que você escolheu e ser feliz ao lado dela pelo simples fato de ela ser a pessoa que melhor conhece você e portanto a mais bem preparada para lhe ajudar, assim como você a ela?
- Promete se deixar conhecer?
- Promete que seguirá sendo uma pessoa gentil, carinhosa e educada, que não usará a rotina como desculpa para sua falta de humor?
- Promete que fará sexo sem pudores, que fará filhos por amor e por vontade, e não porque é o que esperam de você, e que os educará para serem independentes e bem informados sobre a realidade que os aguarda?
- Promete que não falará mal da pessoa com quem casou só para arrancar risadas dos outros?
- Promete que a palavra liberdade seguirá tendo a mesma importância que sempre teve na sua vida, que você saberá responsabilizar-se por si mesmo sem ficar escravizado pelo outro e que saberá lidar com sua própria solidão, que casamento algum elimina?
- Promete que será tão você mesmo quanto era minutos antes de entrar na igreja?

Sendo assim, declaro-os muito mais que marido e mulher: declaro-os maduros.

Sabor de arco-íris

O assunto em pauta é literatura. Semana do Livro, Bienal do Livro, lançamento de livros. Aleluia! Um dia a turma que não lê vai descobrir o que está perdendo.

Pois entre tantos eventos para incentivar a leitura, fui convidada a participar de um que me deixou ligeiramente aflita: conversar com alunos de um maternal. Eu já havia estado no colégio Anchieta conversando com a turma da minha filha mais velha, que tem 10 anos. Agora o convite era para falar com a turma da minha filha mais nova, de 6, no Amiguinhos da Praça. Fiquei imaginando como seria ficar cercada por um monte de baixinhos que mal sabem escrever o próprio nome. Que perguntas fariam? Quantos segundos levaria para eles perderem o interesse nas minhas respostas? Perigo: crianças!

Mas não amarelei. Chegando lá, sentei no chão, numa rodinha. Vários pares de olhinhos me examinavam. Não saí correndo. A tia perguntou se alguém queria fazer uma pergunta. Oba, vou ganhar tempo até um deles criar coragem, pensei. Todos levantaram o dedo. To-dos.

A partir daí, foi uma festa. Passei meia hora na Terra do Nunca, bombardeada por um afeto e uma espontaneidade que me tornaram consciente de tudo o que a gente perde quando vira adulto. Alguém perguntou se era verdade mesmo que o papel vinha da árvore. Se eu já tinha escrito um livro sobre dinossauros. Como é que eu fazia pra dormir depois de ler uma história de terror. Se era eu mesma que juntava as páginas para montar o livro. De onde vem a palavra certa. Por que meus livros não têm desenho. Se dava pra jogar futebol e ser escritor ao mesmo tempo. Qual o chiclete que eu mais gostava. Tu conhece a Disney? Meu pai é engenheiro. Meu pai não tem emprego. Minha mãe te adora. A minha faz macramê. Eu gosto de livro de amor e livro de monstro. Tenho dois irmãos. Eu, dois pais.

Ainda durante aquela tarde, ouvi minha filha dizer que pirulito tem sabor de arco-íris. E um menino, malandro, me perguntou o que eu queria ser quando crescesse.

E eu lá quero crescer?

Sacanagem

Esta é a semana dos namorados, mas não vou falar sobre ursinhos de pelúcia nem sobre bombons. É o momento ideal pra falar de sacanagem.

Se dei a impressão de que o assunto será *ménages à trois*, sexo selvagem e práticas perversas, sinto muito desiludi-lo. Pretendo, sim, é falar das sacanagens que fizeram com a gente.

Fizeram a gente acreditar que amor mesmo, amor pra valer, só acontece uma vez, geralmente antes dos 30 anos. Não contaram pra nós que amor não é racionado nem chega com hora marcada.

Fizeram a gente acreditar que cada um de nós é a metade de uma laranja, e que a vida só ganha sentido quando encontramos a outra metade. Não contaram que já nascemos inteiros, que ninguém em nossa vida merece carregar nas costas a responsabilidade de completar o que nos falta: a gente cresce através da gente mesmo. Se estivermos em boa companhia, é só mais rápido.

Fizeram a gente acreditar numa fórmula chamada "dois em um", duas pessoas pensando igual, agindo igual, que isso era que funcionava. Não nos contaram que isso tem nome: anulação. Que só sendo indivíduos com personalidade própria é que poderemos ter uma relação saudável.

Fizeram a gente acreditar que casamento é obrigatório e que desejos fora de hora devem ser reprimidos. Fizeram a gente acreditar que os bonitos e magros são mais amados, que os que transam pouco são caretas, que os que transam muito não são confiáveis, e que sempre haverá um chinelo velho para um pé torto. Ninguém nos disse que chinelos velhos também têm seu valor, já que não nos machucam, e que existem mais cabeças tortas do que pés.

Fizeram a gente acreditar que só há uma fórmula de ser feliz, a mesma para todos, e os que escapam dela estão condenados à marginalidade. Não nos contaram que estas fórmulas dão errado, frustram as pessoas, são alienantes, e que poderíamos tentar outras alternativas menos convencionais.

Sexo não é sacanagem. Sexo é uma coisa natural, simples – só é ruim quando feito sem vontade. Sacanagem é outra coisa. É nos condicionarem a um amor cheio de regras e princípios, sem ter o direito à leveza e ao prazer que nos proporcionam as coisas escolhidas por nós mesmos.

Sentimentos indecisos

O sentimento é um indeciso. Nunca está 100% convicto. Por uma amiga: o sentimento inclina-se para o bem, o sentimento é de afeto pleno, mas surpreendemo-nos ouvindo suas aflições e sentindo com isso uma alegria maligna. Que espécie de amizade é essa, verdadeiramente amorosa, porém suscetível a uma humanidade que nos envergonha e dói?

O sentimento pelos pais, representantes de deus em nossa casa, os nossos criadores: dependemos de seus olhares e de suas palavras, queremos deles aceitação – em vão. Basta estarem em desacordo com a nossa verdade para repudiarmos seus valores arcaicos, e então alternadamente detestamos e amamos os pais, absorvemos com a mesma intensidade o sufocamento familiar e a divindade familiar, os queremos por perto e os queremos apartados de nós, e isso é amor enorme e confuso.

E assim sucede com pessoas várias. Colegas, compadres e vizinhos, seres que nos agradam e nos repulsam, que são admirados e desprezados, que provocam em nós sentimentos dúbios em horas alternadas, porque o sentimento é assim, histérico. Você ama o caráter de alguém e lhe odeia o dente amarelado, você admira a inteligência do outro, mas não entende como pode ser tão rude, você quer seu marido sempre por perto, e às vezes longe, e ele quer a esposa ao lado, mas quieta.

O sentimento não suporta tudo. Mas é deste tudo que é feito um sentimento: de choques e prazeres, de desejos e solidão. O sentimento fatiado não existe. Lascas só de sentimentos bons: não. Vem sempre junto a parte estragada.

De nacos frescos e contaminados é feito todo sentimento. O nosso por nós mesmos, maior exemplo. Gostamos de nós, mas queríamos mudar. Temos orgulho do nosso caminho até aqui, e tantos arrependimentos. Gostamos da nossa boca, mas não dos olhos, gostamos do queixo, mas não dos cabelos, gostamos do rosto inteiro, mas precisamos emagrecer, e essa mesma satisfação e insatisfação ocorre por dentro: queríamos mais fígado, menos coração mole, mais estômago, menos dores de consciência, mais alma, mais sono, mais paciência.

Um sentimento decidido? Não há. Paixão ou ódio, estão sempre divididos.

Ser capaz

A escritora Hilda Hilst está tendo sua obra reeditada pela editora Globo desde o ano passado, e o primeiro livro a ser relançado foi *A obscena senhora D*. No texto de apresentação, o organizador das reedições explica por que considerou esse o livro certo para iniciar as publicações: "É uma pancada justa, certeira, para apresentá-la sem meias medidas aos leitores potenciais, capazes dela".

Capazes dela. Capazes de um texto que causa desconforto e desconcerto. Capazes de um texto que execra o bom-mocismo. Capazes de absorver uma literatura em nenhum aspecto fácil. Os capazes de Hilda Hilst são capazes de Anaïs Nin, que são capazes de Rimbaud, que são capazes de absorver o delírio, a inquietação e a profundidade de nossas incertezas, portanto incapazes de um Sidney Sheldon.

Não é para falar de livros, esta crônica. É para falar de capacidade. Do quanto somos ou não somos capazes de enfrentar nossas limitações, capazes de noites em claro, capazes de questionar nossa própria sanidade. Do quanto somos incapazes para fórmulas prontas, incapazes de concordar cegamente com o que parece fazer sentido, incapazes de dizer amém.

Do que você é capaz?

Sou capaz de quase tudo, talvez até de matar e morrer, se a dor for insuportável. Sou capaz para o ilegal, o imoral e o insano, só não me sinto capaz para o injusto. Sou capaz de coisas que jamais farei, como me atirar de para-quedas de um avião, beber óleo de fígado de bacalhau e injetar silicone nos lábios, apenas nunca farei porque não há o que me motive.

Sou capaz para o segredo, sou capaz para o inferno, sou capaz para o silêncio, sou capaz para o irrecuperável, sou capaz para o fracasso, sou capaz para o medo, sou capaz para o bizarro. Minha incapacidade é para a frescura, para a fofoca, para a vaidade, para a seriedade que conferem ao que é irrelevante, e quase tudo é irrelevante, quase tudo que está à vista.

Sou capaz para o que não conheço e torno-me quase incapaz para o que conheço bem demais. Sou pouco capaz para a matemática, para a física, para a culinária, para a religião. Talvez seja capaz para a mediunidade, mas nunca tentei. Sou capaz para a loucura, mas costumo frear a tempo. E, quando preciso de solidão, sou capaz de me declarar inábil para tudo o mais, na esperança secreta de ser deixada em paz.

Algo loco

As mais mirabolantes histórias de amor, as mais longas, as mais entranhadas, as mais aflitivas e ao mesmo tempo apaixonantes, não são exemplos de serenidade.

Ela bate a porta com força e diz que vai morar em outro país, em busca de umas aventuras idealizadas que ela nem tem certeza se precisam mesmo ser vividas, e ele chuta o pobre do cachorro e passa três dias sem comer e sem dormir, então pede um dinheiro emprestado e vai atrás dela, não importa que não tenha nenhum endereço onde procurá-la, e ao chegar a Madri, que era o destino daquela desmiolada, e ele só sabendo dizer muchas gracias e nada mais, aceita a ajuda de uma menina de Londrina, Paraná, que trabalha no aeroporto e que malandramente colocou à disposição seu apê por uma noite, e como ele está morto de cansado e carente até a medula, aceita e acaba tendo um affair que já dura duas semanas com a paranaense, enquanto aguarda que a providência divina coloque aquela maldita fujona na sua frente, por quem ele segue apaixonado e sem saber que ela está lavando cabelos clandestinamente num salão de beleza de quinta categoria e mortalmente arrependida por ter saído do Brasil feito uma desatinada atrás de uma coisa que ela nem sabia direito o que era, a única coisa que ela sabe hoje é que ama aquele infeliz ciumento, mas até do ciúme dele ela sente falta, e enquanto morre de saudades escreve uns poemas de amor que ela tampouco sabe como fará chegar às mãos dele, já que telefonou e soube que o homem desapareceu no mundo, nem a mãe dele desconfia de onde ele se meteu, e ela teme que ele esteja bem longe, mais longe do que nunca esteve, e chora enquanto lava os cabelos de uma paranaense que apareceu por ali dizendo que precisa ficar bonita porque conheceu um brasileiro perdido no aeroporto e quer ver se consegue conquistá-lo, o que a fujona desaconselha veementemente, não invente de se apaixonar, a gente perde o senso, um dia gosta e no outro não tem certeza, é uma montanha-russa que nos desestrutura e no final das contas a gente faz umas besteiras como querer aproveitar a vida a qualquer custo, como se estando apaixonada não a estivéssemos aproveitando, e então o cabelo ficou lavado e as duas brasileirinhas trocaram um sorriso e antes que se despedissem já estavam combinando de comer juntas um feijão contrabandeado e a fujona prometeu aparecer no domingo para o almoço, quando então se reencontrou com aquele infeliz ciumento que ela havia abandonado e ali os dois brigaram feito cão e gato, ela chamando-o de galinha, ele chamando-a de inconstante, e diante da paranaense estupefata e do feijão esfriando na panela calaram-se com um beijo que quando terminar recomeçará a história de outro jeito.

"Amor que no es algo loco, logrará poco." Provérbio espanhol. Verdade universal.

Supergaúcha

Sou urbana, gosto de cidade grande, não gosto de mato, de bicho e de pão feito em casa. Pronto. Falei. Acredite: não é um desvio de caráter. É o meu jeito. Minhas preferências. Não jogue no lixo tudo o que a gente construiu juntos só por causa deste detalhezinho bobo.

Desde que eu era pequena que sítios, fazendas e assemelhados nunca me seduziram. Tenho medo de cobra, não sei andar a cavalo e suo frio só em pensar em encontrar uma pererreca no banheiro. Eu bem que gostaria de me adaptar, pois se todo mundo diz que não há nada melhor do que a vida no campo, alguma verdade há nisso. Eu gosto de árvores, de flores, de silêncio, eu fiz minhas tentativas. Eu tentei ser normal. Achei que bastaria calçar botas de couro, mas é pouco. É preciso vocação.

Minha inaptidão para o mundo campeiro fica bem demonstrada quando o assunto é gastronomia. Eu não gosto de charque. Eu não gosto de chimarrão. Eu não gosto de doce de abóbora. Eu não gosto de leite recém-tirado da vaca. Restou-me a resignação: vim ao mundo com este defeito de fábrica e não há nada que se possa fazer. Todas as pessoas possuem uma espécie de deficiência, e algumas são bem piores do que as minhas. Há quem seja vegetariano. Não cheguei a esse extremo. Uma picanha, não recuso. Malpassada, melhor ainda.

Estamos vivendo uma fase de ufanismo gaudério. De repente, o Rio Grande do Sul ganhou destaque, devido à minissérie e ao livro *A casa das sete mulheres*, da minha talentosa amiga Letícia Wierzchovski. Toda a população está se sentindo orgulhosa de pertencer a esta terra. Uma rede de lojas, recentemente, colocou uma campanha publicitária no ar com a seguinte pergunta: o que é ser gaúcho? As melhores respostas ganharam prêmios. Eu não ganharia nem um tapinha nas costas.

Ser gaúcha, eu responderia, é gostar de ler Michael Cunningham, de ir ao cinema, de viajar para o Rio, para Punta, para Nova York. É caminhar na esteira de uma academia, trabalhar até tarde num escritório e antes de voltar pra casa passar no súper e comprar uma pizza congelada. Ser gaúcha é ouvir bossa nova, gostar de praia e ficar só de camiseta e meias comendo Ruffles na frente da tevê. É preocupar-se com a meteorologia porque amanhã é dia de fazer escova e você morre de medo que chova e o cabelo vá por água abaixo. É acordar com as galinhas, mas sem ver as galinhas, a não ser na hora do almoço, grelhadas. Ser gaúcha é ter bom humor e nojo de barata, é adorar a internet e assistir ao pôr-do-sol da sacada. Ser gaúcha é ter nascido aqui, mas ser feliz em qualquer lugar, com o estilo de vida que escolher.

Eu me sinto tão gaúcha quanto as prendas que dançam nos CTGs, tão gaúcha quanto as mulheres que encilham cavalos, que cozinham em fogões a lenha, que ordenham vacas e bordam tapetes. Aliás, eu bordo tapetes. Aliás, eu nasci neste Estado. Aliás, somos todos gaúchos, nenhum mais gaúcho que o outro.

Um trago para a rainha

Um mês após a morte da princesa Diana, em 1997, estive em Londres. A dor ainda latejava no peito dos britânicos, e as homenagens eram constantes. Em frente ao palácio de Kensington, entulhavam-se flores, fotos e uma avalanche de bichinhos de pelúcia, alguns pendurados pelo pescoço nos portões de ferro, outros jogados sobre a grama (já sem motivação pra vida) e uns sentadinhos segurando bilhetes de despedida. As pequerruchas crianças inglesas, provavelmente incentivadas por suas mamães, doaram à Diana o que tinham de mais valioso como prova de seu súdito amor. Mal consegui segurar as lágrimas.

Pois agora morre a rainha-mãe, e as homenagens, claro, não cessam, dessa vez em frente ao palácio de Buckingham. Lá estão as flores, as fotos e os onipresentes bichinhos de pelúcia, mas descobriram infiltrada no meio disso tudo, ora, vejam: uma garrafa de gim.

Dizem que a rainha-mãe era chegadinha num trago, e não tenho dúvida de que este foi o elixir que a manteve lépida e faceira por mais de um século. Ela era a mais alegrinha da realeza, e vamos combinar que aquela turma é de uma total sem-gracice, só mesmo de pilequinho pra aguentar ficar andando de carruagem pra lá e pra cá ou abanando da sacada, os dois grandes programas monárquicos.

Portanto, introduzir clandestinamente uma garrafa de gim entre as oferendas à memória da matriarca da família real britânica é um gesto mais significativo do que todas as flores e apeluciados ali deixados. Simbolicamente, está-se homenageando a juventude que permanece com algumas pessoas, não importa a idade que tenham. Está-se homenageando a irreverência, matéria-prima que nunca foi o forte da Inglaterra. Está-se homenageando, principalmente, o direito de não ser exemplo de nada. A família real sempre carregou o fardo de ter que ser exemplo de boa conduta, e acabou, ao contrário, virando expert em quebrar o protocolo. Já houve de tudo ali: casamentos desfeitos, príncipes sonhando em ser um tampax, namoros com mulheres mais velhas, garotões fumando baseados, princesas adúlteras transando com cavalariços, enfim, tudo tal qual acontece no reino do povo.

É provável que os ingleses tenham considerado essa garrafa de gim uma provocação, um desrespeito, não sei, não acompanhei a repercussão, se é que teve. No entanto, acho que foi apenas um brinde, uma comemoração nada desrespeitosa a uma mulher que morreu como queremos morrer todos: aos 101 anos, dormindo o sono dos justos e sem contas pra pagar.

Aprendendo a desaprender

Passamos a vida inteira ouvindo os sábios conselhos dos outros. Tens que aprender a ser mais flexível, tens que aprender a ser menos dramática, tens que aprender a ser mais discreta, tens que aprender... praticamente tudo.

Mesmo as coisas que a gente já sabe fazer é preciso aprender a fazê-las melhor, mais rápido, mais vezes. Vida é constante aprendizado. A gente lê, a gente conversa, a gente faz terapia, a gente se puxa pra tirar nota dez no quesito "sabe-tudo". Pois é. E o que a gente faz com aquilo que a gente pensava que sabia?

As crianças têm facilidade para aprender porque estão com a cabeça virgem de informações, há muito espaço para ser preenchido, muitos dados a serem assimilados sem a necessidade de cruzá-los: tudo é bem-vindo na infância. Mas nós já temos arquivos demais no nosso winchester cerebral. Para aprender coisas novas, é preciso antes deletar arquivos antigos. E isso não se faz com o simples apertar de uma tecla. Antes de aprender, é preciso dominar a arte de desaprender.

Desaprender a ser tão sensível, para conseguir vencer mais facilmente as barreiras que encontramos no caminho. Desaprender a ser tão exigente consigo mesmo, para poder se divertir com os próprios erros. Desaprender a ser tão coerente, pois a vida é incoerente por natureza e a gente precisa saber lidar com o inusitado. Desaprender a esperar que os outros leiam nosso pensamento: em vez de acreditar em telepatia, é melhor acreditar no poder da nossa voz. Desaprender a autocomiseração: enquanto perdemos tempo tendo pena da gente mesmo, os dias passam cheios de oportunidades.

A solução é voltar ao marco zero. Desaprender para aprender. Deletar para escrever em cima. Houve um tempo em que eu pensava que, para isso, seria preciso nascer de novo, mas hoje sei que dá pra renascer várias vezes nesta mesma vida. Basta desaprender o receio de mudar.

DNA

Você tem certeza de que seu pai é mesmo seu pai? Vocês podem ter a mesma cor de olhos, mas será que possuem a mesma maneira de ver o mundo? Vocês podem ter o mesmo jeito de andar, mas será que escolheriam os mesmos caminhos? Faça um teste de DNA agora. O meu método é rápido, não precisa colher sangue e é de graça. No final deste texto você já saberá o resultado.

Se você é baixinho e seu pai é alto, se você é obeso e seu pai é jóquei, se você é gremista e seu pai não sabe o que é um tiro de meta, acalme-se: ainda há grande chance de você não ter sido inseminado pelo carteiro. Há outras maneiras de se averiguar uma paternidade.

Um dia você disse para seu pai que queria trancar a faculdade e viajar pelo mundo com uma mochila nas costas, sem data pra voltar. Tudo o que você pedia é que ele avalizasse moral e financeiramente esta ideia estupenda, mas olha o que ele disse: "Foi exatamente o que eu fiz na sua idade, só que naquela época eu já trabalhava e consegui patrocinar eu mesmo essa ideia estupenda. Você só estuda de manhã. Faça alguma coisa rentável nas suas tardes e daqui a um ano a gente volta a conversar sobre isso". Cara, esse é seu pai, mesmo que ele seja nissei e você, alemão.

Um dia você disse para seu pai que gostaria de trazer o namorado para dormir em casa, e ele sugeriu que você o trouxesse antes para jantar, já que ninguém o conhecia. Aí você discursou durante uma hora sobre a caretice da família, sobre como ninguém confiava nas suas escolhas e sobre como aos 17 anos uma mulher já sabe o que quer. Ao final do discurso, seu pai, comovido, disse: "Qual é o nome desse homem imperdível?". Você, odiando o sarcasmo dele, respondeu: "Kiko". Seu pai: "Vulgarmente conhecido como o quê? Roberto, Afonso, Jerônimo?". "Kiko, pai, só sei que é Kiko, que importância tem um nome?" Foi a vez do seu pai discursar uma hora sobre responsabilidade, autoestima e camisinha, e concluiu o discurso pedindo que o Kiko arranjasse um nome e uma noite livre para jantar. Esse aí é seu pai sem sombra de dúvida, mesmo você tendo um nariz arrebitado e ele sendo o Cyrano de Bergerac.

Se seu pai consegue ser carinhoso, parceiro e aberto, e ao mesmo tempo atento e disciplinador, pode ser branco e você negro, pode ser peludo e você imberbe, pode ser engenheiro e você bailarino: é seu pai. Nem precisa perguntar pra sua mãe.

Urgência emocional

Se tudo é para ontem, se a vida engata uma primeira e sai em disparada, se não há mais tempo para paradas estratégicas, caímos fatalmente no vício de querer que os amores sejam igualmente resolvidos num átimo de segundo. Temos pressa para ouvir "eu te amo", não vemos a hora de que fiquem estabelecidas as regras de convívio: somos namorados, ficantes, casados, amantes? Urgência emocional. Uma cilada.

Associamos diversas palavras ao amor: paixão, romance, sexo, adrenalina, palpitação. Esquecemos, no entanto, da palavra que viabiliza esse sentimento: paciência. Amor sem paciência não vinga. Amor não pode ser mastigado e engolido com emergência, com fome desesperada. É preciso degustar cada pedacinho do amor, no que ele tem de amargo e de saboroso, no que ele tem de duro e de macio, os nervos do amor, as gorduras do amor, as proteínas do amor, as propriedades todas que ele tem. É uma refeição que pode durar uma vida.

Mas não. Temos urgência. Queremos a resposta do e-mail ainda hoje, queremos que o telefone toque sem parar, queremos que ele se apaixone assim que souber nosso nome, queremos que ela se renda logo após o primeiro beijo, e não toleraremos recusas, e não respeitaremos dúvidas, e não abriremos espaço na agenda para esperar.

Temos todo o tempo do mundo, dizem uns; não há tempo a perder, dizem outros: a gente fica perdido no meio desse fogo cruzado, atingidos por informações várias, vivências diversas, parece que todos sabem mais do que nós, pobres de nós, que só queremos uma coisa nessa vida, ser amados. Podemos esperar por todo o resto: emprego, dinheiro, sucesso, mas não passaremos mais um dia sequer sozinhos; te adoro, dizemos sei lá pra quem, para quem tiver ouvidos e souber responder "eu também", que a gente está mais a fim de acreditar do que de selecionar.

Urgência emocional. Pronto-socorro do amor. Atiramos para todos os lados e somos baleados por qualquer um. E o coração leva um monte de pontos por causa dessa tragédia: pressa.

A porta do lado

Li uma ótima entrevista dada pelo médico Drauzio Varella à revista Marie Claire, não lembro exatamente em que edição. Disse ele na entrevista que a gente tem um nível de exigência absurdo em relação à vida, que queremos que absolutamente tudo dê certo, e que às vezes, por aborrecimentos mínimos, somos capazes de passar um dia inteiro de cara amarrada. E aí ele deu um exemplo trivial, que acontece todo dia na vida da gente. É quando um vizinho estaciona o carro muito encostado ao seu na garagem (ou pode ser na vaga do estacionamento do shopping). Em vez de simplesmente entrar pela outra porta, sair com o carro e tratar da sua vida, você bufa, pragueja, esperneia e estraga o que resta do seu dia.

Eu acho que esta história de dois carros alinhados, impedindo a abertura da porta do motorista, é um bom exemplo do que torna a vida de algumas pessoas melhor, e a de outras, pior. Tem gente que tem a vida muito parecida com a de seus amigos, mas não entende por que eles parecem ser tão mais felizes. Será que nada dá errado pra eles? Dá aos montes. Só que, para eles, entrar pela porta do lado, uma vez ou outra, não faz a menor diferença.

O que não falta neste mundo é gente que se acha o último biscoito do pacote. Que audácia contrariá-los! São aqueles que nunca ouviram falar em saídas de emergência: fincam o pé, compram briga e não deixam barato. Alguém aí falou em complexo de perseguição? Justamente. O mundo versus eles.

Eu entro muito pela outra porta, e às vezes saio por ela também. É incômodo, tem um freio de mão no meio do caminho, mas é um problema solúvel. E como este, a maioria dos nossos problemões podem ser resolvidos assim, rapidinho. Basta um telefonema, um e-mail, um pedido de desculpas, um deixar barato. Eu ando deixando de graça, pra ser sincera. 24 horas têm sido pouco pra tudo o que eu tenho que fazer, então não vou perder ainda mais tempo ficando mal-humorada. Se eu procurar, vou encontrar dezenas de situações irritantes e gente idem, pilhas de pessoas que vão atrasar meu dia. Então eu uso a porta do lado e vou tratar do que é importante de fato. Eis a chave do mistério, a fórmula da felicidade, o elixir do bom humor, a razão por que parece que tão pouca coisa na vida dos outros dá errado.

Andróginos

Uma das perguntas que mais se faz a escritores é sobre a diferença entre a literatura feminina e a literatura masculina. Eu nunca senti esta diferença de forma gritante. Em tese, TPM e parto podem ser melhor descritos por uma mulher do que por um homem, e assim entraríamos no terreno das vivências para diferenciar uma literatura de outra, mas acredito que, havendo talento, qualquer um escreve sobre qualquer coisa. Como já disse Virginia Woolf, todo artista é um andrógino.

As pessoas inquietam-se com esta afirmação, como se estivéssemos dizendo que todo artista é um androide, quando é justamente o contrário. O artista não é programado para pensar como mulher ou como homem, para gostar de cor-de-rosa ou de azul, para ser mais romântico ou mais pragmático, segundo as generalizações impostas no berço. O artista é o oposto do androide, é desprogramado de nascença, aberto a todas as correntes de pensamento, dono de uma antena que capta os sentimentos mais contraditórios. O artista traz uma liberdade assustadora no peito e o ímpeto de expressá-la através da sua dança, ou através de seus pincéis, ou do que for. Não há juventude e velhice no ato da criação, não há livros escritos por cabeludos que sejam diferentes de livros escritos por calvos, não é o alcoolismo de um músico que o diferenciará de um músico abstêmio, somos todos diferentes na nossa percepção individual e unos na nossa descrença em relação a verdades únicas.

Todo artista é ao mesmo tempo o louco e o sensato. Artista é público e solitário, é quem se dá e se recebe de volta, encarna e desencarna, fala por João, por Maria e pelos fantasmas todos que traz dentro. Artista é o que toca no extremo.

Catalogar um artista como homem ou mulher e a partir daí tirar conclusões é percorrer um caminho muito curto para a compreensão da obra de alguém. Fumamos charuto (somos homens ou mulheres?), sentimos a ausência de um filho (somos homens ou mulheres?), sentimos ciúmes (somos homens ou mulheres?), gostamos de cozinhar (somos homens ou mulheres?). Somos pessoas que buscam o sentido da vida e que convidam a embarcar nessa viagem aqueles que não se preocupam de onde a viagem parte, mas para onde ela nos leva.

Cineminha feminino

O assunto aqui não é Tizuka Yamazaki ou Carla Camuratti. Mulheres de cinema somos todas nós, quaisquer Denises, Cristinas ou Valérias: mulheres que escrevem um roteiro em suas cabeças, escolhem o figurino, dirigem a cena e atuam ao mesmo tempo. Elas são todo o elenco de que dispõem, concentram em si a equipe toda. Luzes, câmera, ação: uma história de amor.

Uma mulher telefona para um homem e marca um encontro. Mais simples, impossível. A partir daí, o resto seria com o destino. Mas não. Ela quer tomar conta do enredo.

Primeiramente, escolhe o cenário: a casa dele. Mas o cara, ao telefone, sugere outro. Pronto, um engraçadinho querendo dar palpite no filme dela. Mas tudo bem, vamos caminhar pelo parque, fazer o quê.

Chegando lá, ele não está vestido como ela gostaria. Ela tinha pensado em algo bem informal, mas ele está de terno, sob um calor de 32 graus. Se está de terno, é porque tem uma reunião daqui a pouco. Ele confirma: daqui a uma hora tem que estar no centro da cidade. Mas que demente, como é que topou um encontro com ela tendo outro compromisso em seguida? Não vai dar tempo para todo o diálogo que ela imaginou!!

Ela trata de iniciar rapidamente a conversa. Ele, no entanto, parece que não decorou sua fala. Diz coisas que não estavam no script. Ela se irrita e ele não faz a mínima ideia do que a está deixando tão estressada.

Ela tenta levar o diálogo adiante mesmo assim, porque daqui a pouco vem a cena do beijo, mas o cara não colabora: ri quando não é para rir, fica em silêncio quando seria o momento de se declarar, enfim, um iniciante. Ela espera que na hora do beijo ele acerte.

Só que a cena do beijo é cortada. Está na hora da reunião. Ele vai embora, e ela simplesmente não entende como é que tudo deu tão errado.

E assim se encerra mais uma relação onde não deveria haver falas decoradas nem cenas preconcebidas. Deveria haver o que havia: amor. Mas a "diretora" não percebeu porque estava ocupada demais com a interpretação e com o final feliz, que talvez aconteça se ela aprender a trabalhar em equipe.

Casamento pega

Marília contraiu febre amarela. Rosely contraiu estafilococo. Milton contraiu varíola. E Lizete, coitada, contraiu matrimônio.

Um amigo solteiro me perguntou dia desses: é doença? Bem, não está catalogado como tal, mas há aspectos em comum.

Primeiramente, casamento é contagioso. Os pais vão acostumando seus filhos com a ideia e são capazes até mesmo de estimular seu surgimento, como fazem em relação ao sarampo e à catapora: "Melhor pegar de uma vez pra ficar livre". Então, entre os 25 e 35 anos, homens e mulheres vão se aproximando, se tocando, se lambendo e se arriscando a encontrar o par ideal para com ele contrair a coisa.

Casamento também leva todo mundo pra cama, invariavelmente. No começo dá calafrios, suores, palpitação, taquicardia, mas depois as pessoas vão se acostumando com os sintomas e eles desaparecem. O enfermo começa a ter menos paciência para ficar deitado. Começa a frequentar mais o sofá, a poltrona e nem se dá o trabalho de tirar o pijama e vestir algum troço decente. Cama passa a ser um lugar apenas para dormir.

O automedicamento é desaconselhado. É prudente ter o nome de um psiquiatra de confiança anotado na caderneta de telefones.

Casamento pode ser fatal. Ao menos era, tempos atrás. As pessoas não tinham muita informação e a doença matava mesmo: matava a paixão, matava o sexo, matava a paciência, uma desgraça. O matrimônio, que é o nome científico dessa enfermidade, podia levar anos pra dar cabo do casal, mas os menos debilitados conseguiam resistir bastante tempo, às vezes até 50 anos, amparados pela fé. Hoje há cura. O remédio chama-se divórcio. Custa uma fortuna e não impede que haja reincidência.

Fora isso, casamento e doença não têm nada a ver um com o outro, a não ser o verbo e o grupo de risco: qualquer um pode contrair.

Aos olhos dos outros

A primeira vez que você o viu foi num bar. Você estava com uma turma e aí ele apareceu, sentou na mesa com vocês e começou a brilhar: todo mundo ria muito de suas tiradas inteligentes, todo mundo ficava encantado com o jeito sedutor do cara, todo mundo o achou gente fina. Todo mundo, inclusive você, que dali em diante passou a investir naquele bilhete premiado e se deu bem: começou a namorá-lo.

Passado um ano, o namorado encantador virou um marido bacana, e, passados 10 anos, o marido bacana virou um marido como outro qualquer: ronca à beça, faz uns comentários nada a ver e há muito que deixou de ser um gato. Você o ama, mas já não o admira. Perigo à vista.

Um dos maiores fermentos de um relacionamento amoroso é a admiração. É desanimante atravessar os dias sem sentir orgulho da pessoa que está vivendo ao nosso lado. É prioritário seguir para sempre pensando que ele é um bilhete premiado. A cada observação perspicaz que ele faz sobre um fato, a cada gesto de solidariedade para com um irmão, a cada bola dentro que ele dá no trabalho, é um alívio pensar: este é o cara que escolhi para estar comigo. Um sujeito legal.

Depois de muito tempo de convívio, a tendência é pensar que o sujeito é legal, sim, mas o namorado da Adriana tem mestrado e doutorado, o marido da Verônica pratica esportes radicais e o da Marina tem um senso de humor como nenhum outro. A grama do vizinho é sempre mais verde.

A rotina compromete nosso julgamento. Você anda achando que o amor da sua vida não está com essa bola toda? Saia mais com a turma e repare como o pessoal reage diante dele. Surpresa! Ele continua a fazer os outros rirem e a hipnotizar com o seu charme. Inclusive aquelas duas fulanas que se dizem suas amigas parecem bastante interessadas no material. Amor, vamos voltar pra casa?

Faça o teste. Quando nossos olhos ficam embaçados, nada como usar os olhos dos outros para voltar a valorizar o que é nosso.

12 de outubro, Dia da Criança

Querida, vou jogar futebol com os amigos. Vou chegar por volta das 11, mas se eu demorar, vê se não faz como da outra vez, em que você se chaveou dentro do quarto e deixou minha escova de dentes no corredor, com as cerdas enterradas no carpete.

Primeiro a gente passa na casa da minha mãe, e depois, se der tempo, a gente passa na sua. Se não for assim eu nem saio de casa.

Você tem que ligar o secador bem na hora do documentário sobre os elefantes asiáticos? Semana passada você fez a mesma coisa durante os treinos da fórmula Indy. Por que você não seca esses cabelos na hora da Marília Gabriela, hein?

Você fingiu o orgasmo, né? Achei você meio diferente hoje. Você fez um teatrinho, não fez? Pode contar, amor, eu não vou brigar com você. EU SABIA, SUA FALSA!!!

Sidney, não gosto quando você diz que me ama enquanto lê o jornal. Será que você não pode dizer isso olhando nos meus olhos? Forçado, por quê? Ora, forçado. Que mania você tem de ser espontâneo. Diz, Sidney. Se você não disser eu vou achar que você não me ama. Olhando pra mim, Sidney, olhando pra mim!

Vem cá, dá uma espiada nessa cama. O meu lado tá todo arrumadinho e no seu parece que passou um tornado essa noite. Você se mexe muito durante o sono, será que não dá pra dormir parado? Ah, você não pode controlar o que faz dormindo... sei. Isso lá é argumento.

Você simplesmente não notou que eu mudei a cor do esmalte hoje.

Você não quer que eu vá junto no bar do Artur porque esse cara dá em cima de você, é por isso que você só vai lá com as suas amigas, não é? Ele te dá desconto, ao menos?

Por que você fechou o computador bem na hora que estavam entrando uns e-mails? Abre aí, abre aí.

De quem são essas fitas pornôs escondidas dentro do forno? Que empregada, Beto? A gente não tem empregada.

Quem também é chegado numa criancice bota o dedo a-qui!

Estar só

O que mais se lê e se ouve por aí são depoimentos de pessoas que falam da dificuldade de se encontrar alguém. Parece que todo mundo está só, precisando urgentemente de companhia. Talvez por isso eu tenha saboreado com especial prazer um trecho do livro *As horas*, de Michael Cunningham. Eu o reli depois de ter visto o filme e sigo preferindo o filme, que passa uma claustrofobia emocional que as palavras, no livro, não alcançaram. Mas num determinado aspecto o livro foi mais feliz: na parte em que descreve a necessidade de Laura Brown (no filme, Julianne Moore) de ficar absolutamente sozinha. No filme, ela se refugia num hotel. No livro, lógico, também, mas por escrito fica mais evidente esta necessidade que todos temos, de vez em quando, de não estar em parte alguma, de ficarmos inalcançáveis aos olhos dos outros.

Só existe um local onde podemos ficar 100% sós: dentro da nossa casa. Isso se tivermos a sorte de não ter marido, filhos e uma empregada. Sorte??? Esta mulher enlouqueceu!

Foi só uma provocaçãozinha... Aqui entre nós: de vez em quando não dá vontade de mandar a família inteira para um safári na África e dar folga de vários dias para a empregada? Ficar com a casa todinha pra você, colocar os discos que você quiser, atender o telefone SE quiser, dormir e acordar quando bem entender e ter tempo para ler um livro inteiro, de ponta a ponta, sem interrupção? As que podem, estão dando entrevistas para as revistas femininas reclamando da falta de homem. Ninguém nunca está feliz.

Estar só, totalmente só, imperturbável, é um direito e um dever. Não todo o tempo, mas por um breve tempo, o tempo que a gente precisa para reencontrar a si mesma, para resgatar nossa mais pura essência, o tempo que a gente necessita para respirar, suspirar, transpirar, pirar: o que você faz quando ninguém lhe vê fazendo? Esta pergunta faz parte da letra de uma música do Capital Inicial. Não estou filosofando tanto assim.

Dentro de um cinema, você fica com vergonha de chorar. No trânsito, o motorista do carro ao lado está vendo você botar o dedo no nariz. Num restaurante, você vai ter que confabular com o garçom. Numa praça, alguém vai lhe perguntar que horas são. Caminhar por uma rua bem movimentada até pode ser uma maneira de ficar só, já que multidões propiciam a invisibilidade. Mas não dá pra tirar os sapatos.

Da próxima vez que você se queixar de que não tem ninguém para compartilhar seus bons e maus momentos, tente ver o lado positivo disso. Você tem a você. Você tem o seu canto. Não vai precisar pagar uma fortuna por poucas horas num quarto de hotel, como se fosse uma foragida, fazendo o que não gostaria que ninguém visse: sendo você mesma.

Patchwork

Eu acho a maior graça nesses anúncios ou reportagens que segmentam as pessoas por estilo, para facilitar a escolha de presentes. Para o pai esportista, para a mãe que vive correndo, para o namorado poliglota, para a namorada hare-krishna... E você, qual é o seu estilo?

O meu estilo é o clássico-esportivo-praiano-urbano-roqueiro-casual-elétrico-aventureiro-viajandão-racional-romântico-sensato-internacional-cultural-marombeiro-divertido-indiano-inglês-caseiro-diurno-ansioso-e-pacato. Seja qual for o presente que você me der, vai acertar na mosca.

Qualquer estilo que a gente cultive é farsa. Impor um rótulo a si mesmo é o que de pior podemos fazer. A gente se acostuma a privilegiar um lado acentuado que temos – workaholic, por exemplo – e nos apresentarmos ao mundo como tal. Vale para outras "etiquetas": surfista, rato de biblioteca, perua, seminarista. É atrás de uma dessas máscaras que você se esconde?

Surfistas que ficam gatésimos de terno e gravata e guardam embaixo da cama pilhas de livros sobre filosofia. Ratas de biblioteca que passam a noite dançando funk com um grupo da pesada. Peruas que praticam natação quatro vezes por semana. Seminaristas que levam no braço uma tatuagem igual à da Angelina Jolie: que estilos são esses?

É o estilo que eu mais adoro: faço-eu-mesmo. É o cara que não criou um estilo, ele é o estilo. Não há influência de revistas, modismos e tendências. Ele é o estilo-contradição, estilo-surpresa, estilo-sem-estilo. Acho que foi Aristóteles (olha eu fazendo o estilo intelectual) que disse que estilo não existe, que o estilo é uma emancipação do seu próprio ser.

Ou você tem um estilo próprio, que forçosamente será múltiplo, como é a nossa alma verdadeira, ou você adota um estilo, e ele será monótono e nauseante. Estilo bom é estilo exclusivo, inclassificável. Ou você deixa ele nascer naturalmente em você ou passará ganhando os mesmos presentes a vida inteira.

Relações de fé

Um menino de oito anos observa uma janela e comenta: olha ali aquele vidro, mamãe, tem uma mancha esquisita, parece com uma santa, não parece? A mãe acha que parece o bico de uma mamadeira, mas o guri diz que a mãe não está vendo direito e chama o pai, que acha a figura igualzinha a Nossa Senhora, é esperto esse pirralho.

Aí a mãe chama o vizinho pra tirar a dúvida, e o vizinho cai de joelhos, e então a novidade ganha a rua, e o pessoal todo do bairro vem espiar, e alguém liga para uma estação de rádio que bota no ar a notícia, que se espalha e chega aos ouvidos dos repórteres do Jornal Nacional. Especialistas examinam e dizem que tudo não passa de um efeito gerado pelo aquecimento do vidro, mas ninguém quer saber de ter sua crença abalada. A peregrinação é espantosa, já tem até vendedor de cachorro-quente na porta da casa, e pipocam fotógrafos e pagadores de promessa. Saiam pra lá, seus céticos. É Nossa Senhora, sim, que veio nos mandar um aviso: "É na desesperança que o povo reencontra sua fé". Ou qualquer coisa assim, ninguém ouviu direito.

Debocho, sim. Não dá para levar a sério esse carnaval cada vez que alguém diz que viu uma estátua chorar ou Jesus piscar o olho para alguém durante a missa de domingo. Sei que essas ilusões de ótica fazem parte da nossa cultura popular e pitoresca, mas então que se assuma a brincadeira, que se tranforme isso em quermesse, e não em catolicismo cego.

Eu, pelo visto, levo a religião mais a sério do que essa gente que abandona o feijão queimando no fogo pra ficar plantada diante de uma janela com o terço na mão. Não acredito em milagre, mas acredito na fé, acho importante cultivar a esperança e valorizar o pensamento positivo, os valores fundamentados, a força de vontade, a paixão, a solidariedade. O que atrasa o mundo é gente transformando fé em fanatismo. Fanáticos são os que doam seu suado dinheirinho para salvadores da pátria, são os que ficam inativos esperando soluções caídas do céu, são os que esfolam os joelhos subindo escadarias para agradecer uma graça alcançada. Graças são alcançadas pela medicina, pela sorte, pelo trabalho e pela inteligência: nunca pela ignorância.

Podres de ricos

O livro tem 434 páginas e chama-se *Glamorama*. Não o estou recomendando. Na verdade, estou na página 287 e já estive por abandoná-lo várias vezes, não fosse minha dificuldade crônica em interromper as coisas que inicio.

Quando cheguei na página 17, pensei: este livro é uma droga e não vou conseguir ir adiante. Na página 44, pensei: este livro é uma droga mas vou adiante. Na página 62, eu pensei: este livro é o máximo, a vida é que é uma droga.

Bret Easton Ellis, o autor, faz um retrato impressionante da miudeza do mundo fashion e da superficialidade de tantas vidas que parecem glamorosas. Os personagens são escravos de Louis Vuitton, Prada e Calvin Klein, todos são lindos, todos transam três vezes por dia com três pessoas diferentes, todos cheiram cocaína no café-da-manhã e bebem champanhe com Prozac, todos são amigos íntimos de Nicole Kidman, Jon Bon Jovi e Kate Moss, todos andam de limusine: vulgar, vulgar, vulgar.

Um mundo doente, onde as pessoas pensam que são modernas, mas são apenas fracassadas de berço. A narrativa é tão verossímil que o autor consegue transformar o supérfluo em algo realmente denso. O livro causa náuseas como se você tivesse tomado o maior porre da sua vida. Embriaguez de grifes e pessoas descartáveis. Sentimento é persona non grata, não adianta querer entrar no livro que o leão-de-chácara não deixa.

Como já disse, estou na página 287, louca para cair fora, porque agora o livro sofreu uma reviravolta e o que era festa non-stop virou violência up to date. Sinto como se eu tivesse misturado ecstasy, crack e anfetaminas, e entornado tudo com dois litros de vodca Absolut Citron, que a ordem é ser chique até na decadência.

Abandonar *Glamorama* é contrariar minha natureza esperançosa, meu otimismo, minha confiança de que há algo bom no final do arco-íris. Sempre sofri para pedir demissão ou dar o fora em alguém, e o mesmo vale para abandonar um livro: para mim, é dor suprema. Vou prosseguir nessa vertigem insana, nesse confronto com o lado besta da vida. *Glamorama* representa o mundo plastificado de hoje: meio nojento, meio excitante, onde verdade e mentira mesclam-se e não dá vontade de ficar nem de sair.

Desejo que desejes

Eu desejo que desejes ser feliz de um modo possível e rápido, desejo que desejes uma via expressa rumo a realizações não-utópicas, mas viáveis, que desejes coisas simples como um suco gelado depois de correr ou um abraço ao chegar em casa, desejo que desejes com discernimento e com alvos bem-mirados.

Mas desejo também que desejes com audácia, que desejes uns sonhos descabidos e que ao sabê-los impossíveis não os leve em grande consideração, mas os mantenha acesos, livres de frustração, desejes com fantasia e atrevimento, estando alerta para as casualidades e os milagres, para o imponderável da vida, onde os desejos secretos são atendidos.

Desejo que desejes trabalhar melhor, que desejes amar com menos amarras, que desejes parar de fumar, que desejes viajar para bem longe e desejes voltar para teu canto, desejo que desejes crescer e que desejes o choro e o silêncio, através deles somos puxados pra dentro, eu desejo que desejes ter a coragem de se enxergar mais nitidamente.

Mas desejo também que desejes uma alegria incontida, que desejes mais amigos, e nem precisam ser melhores amigos, basta que sejam bons parceiros de esporte e de mesas de bar, que desejes o bar tanto quanto a igreja, mas que o desejo pelo encontro seja sincero, que desejes escutar as histórias dos outros, que desejes acreditar nelas e desacreditar também – faz parte este ir-e-vir de certezas e incertezas –, que desejes não ter tantos desejos concretos, que o desejo maior seja a convivência pacífica com outros que desejam outras coisas.

Desejo que desejes alguma mudança, uma mudança que seja necessária e que ela não te pese na alma; mudanças são temidas, mas não há outro combustível para essa travessia. Desejo que desejes um ano inteiro de muitos meses bem fechados, que nada fique por fazer, e desejo, principalmente, que desejes desejar, que te permitas desejar, pois o desejo é vigoroso e gratuito, o desejo é inocente, não reprime teus pedidos ocultos, desejo que desejes vitórias, romances, diagnósticos favoráveis, aplausos, mais dinheiro e sentimentos vários, mas desejo antes de tudo que desejes, simplesmente.

Secretárias eletrônicas

Um dia você acorda com saudades da sua querida amiga Beatriz. Que fim levou Beatriz? Revira a casa atrás do número do telefone que ela lhe deu e, aproveitando que é sábado, liga. Está chamando. Chama uma vez, chama duas e, putz, a ligação cai na secretária eletrônica. Você então ouve a voz de Beatriz: "Obrigada, você ligou para o serviço de coleta de doações em benefício dos que trabalham no sábado. Para doar 100 reais, disque 1. Para doar 200 reais, disque 2. Para doar mil reais, desligue". Quá-quá-quá.

Outro dia quase perdi um amigo porque, num acesso de sinceridade, fiz pouco da mensagem que ele deixou gravada em sua secretária. Eu não entendo por que as pessoas precisam ser originais em tudo o que fazem. Quem dera a simplicidade não estivesse tão desacreditada. Se eu tivesse secretária eletrônica, deixaria gravado algo como "Aqui é 00-00-00-00. Por favor, após o sinal, deixe seu recado. Obrigada". Uma obra de arte da síntese. Um clássico.

Mas não. Pessoas divertidas precisam ser divertidas 24 horas por dia, inclusive quando não estão em casa e não podem atender o telefone. Sua ausência não deve ser lamentada, e sim ser motivo de alegria para quem está pendurado no outro lado da linha, precisando alucinadamente entrar em contato. Vamos lá, todo mundo feliz, que cara é essa, gente!

Então é um tal de gravar o latido do cachorro, imitar o seu Creysson, fazer um jogral com as crianças da casa, colocar o Cid Moreira declamando, fazer voz de alto-falante de aeroporto, qualquer coisa, menos pedir para aguardar o sinal e deixar o recado, que isso é coisa de gente sem imaginação, como eu. Aliás, sem imaginação e sem paciência. Me esclareça: por que as empresas colocam uma musiquinha irritante enquanto a ligação está sendo transferida? Se ao menos deixassem rodando uma Billie Holliday, mas nada disso: ou tocam jingles publicitários ou música de elevador. Se não sabem exatamente que tipo de música a gente gostaria de ouvir, optem pelo silêncio. Outro clássico.

O mundo anda criativo demais pro meu gosto.

Amiguinhas-da-onça

Sempre me senti mais segura na companhia de homens do que de mulheres, desde pequena. Não porque eles fossem considerados o sexo forte, mas porque me pareciam mais transparentes. Aquela ideia de as meninas serem mais afetivas não batia com a realidade que eu via no pátio da escola. Na hora do recreio, os meninos eram mais trogloditas em suas brincadeiras, mas era uma brutalidade física passível de defesa. As meninas, por outro lado, eram experts em difamar, excluir, ridicularizar e humilhar certas colegas. Tudo mais sutil, e por vezes mais cruel.

Pois soube agora que foi publicado o resultado de uma pesquisa feita com 5.500 meninas entre 8 e 15 anos, das mais diversas nacionalidades, e ficou comprovado exatamente isso, que a nossa violência pode ser muito mais danosa do que a suposta violência masculina. Meninos resolvem suas diferenças frente a frente. Meninas são mais calculistas e podem levar meses arquitetando vinganças mesquinhas.

Pesquisas foram feitas para serem questionadas, mas não há dúvida que, generalizando, é isso mesmo: garotinhas são perversas. Ao crescerem, muitas recuperam o tino e optam pela franqueza nas relações, mas algumas seguem fiéis à tortura psicológica que impõem aos seus pares. Existe amizade entre mulheres? Existe. Mas basta que antipatizem com uma fulana para o veneno escorrer pelo canto da boca, estragando a maquiagem.

A pesquisa dá exemplos de atitudes que revelam a meiguice fajuta de muitas meninas: a) elas combinam com todas as colegas para isolar uma determinada garota, ninguém mais fala com ela; b) espalham para os meninos da escola que uma garota (logicamente a mais linda e por quem eles estão apaixonados) tem uma doença contagiosa; c) revelam segredos alheios, escrevendo-os na porta do banheiro; d) deixam mensagens na secretária eletrônica tipo "e aí, como foi o resultado do seu teste de gravidez?", sabendo que quem vai ouvir primeiro são os pais da garota. Nada disso parece escandaloso, a gente acha normal, coisa de criança. Pois esta tal "coisa de criança" é imbatível quando se trata de fazer estragos na autoestima dos outros.

Não compartilho da ideia de que a maquiavelice faz parte da natureza feminina. Também acreditamos, um dia, que fazia parte da nossa natureza ser apenas mães e donas-de-casa, felicíssimas da vida no confinamento doméstico, e olhe só como valeu a pena questionar essa nossa "característica natural". Então, que tal uma revolução feminista parte 2? Basta educarmos nossas filhas para não serem fofoqueirinhas, para não fazerem intrigas e para não discriminarem uma menina só porque ela é gorda ou é estrábica ou não tem uma mochila da Kipling. Espera-se apenas que, abdicando das pequenas maldades, elas não comecem a sair no tapa.

Como fazer uma vida

No início dos anos 80, assisti a uma retrospectiva da obra do cineasta Jean-Luc Godard, um filme por dia. Alguns achei xaropes, mas seria preciso revê-los hoje para tirar a dúvida se a xarope não era eu. No entanto, lembro de ter caído de amores por *Acossado*, um filme que virou cult no mundo inteiro.

Foi com interesse, portanto, que li a entrevista que Godard deu para Fernando Eichenberg, da revista Bravo!. Suas revelações oscilam entre a genialidade e a ingenuidade. Em certo momento, ele diz que um casal pode ser feliz mesmo não gostando do mesmo tipo de música, mas que isso é impossível se não gostarem do mesmo tipo de filme. E exemplifica: "Se eu gosto de Beethoven e a outra pessoa de Céline Dion, podemos conviver, mas será impossível se a outra pessoa não gostar de Hitchcock". Bebeu. Eu não poderia nem mesmo pegar uma carona com alguém que ouvisse Céline Dion, quanto mais ser feliz com ela.

Mas vale a pena comentar o melhor trecho da entrevista, que é quando ele ensina como fazer um filme. "Sei lá, tente começar por contar seu dia, com a ajuda de um papel e um lápis. Conte de maneira diferente daquela que a polícia ou um funcionário público faria.

Tente dizer algo diferente. Bom, você acordou, tomou seu café... Mas você sabe que não há somente isso. Tente saber o que é este 'não há somente isso'."

Godard ensinou como fazer um filme e, de quebra, como viver. Adoraríamos que nossa rotina não fosse tão insossa, que nossos dias não fossem tão repetitivos, que nossa vida desse um filme. Pois tudo o que temos que fazer é trazer à tona aquilo que não está aparente, aquilo que nos move e emociona, aquilo que está por trás de nossas ações. Já fiz citações demais por hoje, mas não há como esquecer a frase de Katherine Mansfield: "A vida não pode ser apenas um hábito". Hoje você acordou, tomou o café... mas no que estava pensando, do que estava com medo, quais eram seus planos inconfessáveis para este dia que corre?

Qualquer ato banal está impregnado de sentimento. Há mil maneiras de se ver um transeunte na rua, um operário trabalhando numa obra, um casal se beijando na calçada, uma mulher limpando o vidro de uma janela. Em tudo há alguma poesia ou algum humor, em tudo há abnegação ou desfrute, singeleza ou dor. Mastigar o pão, olhar para o relógio, entrar no ônibus, bater o ponto. Não há somente isso.

Infidelidade

O diretor de cinema Adrian Lyne faz filmes sob medida para o desfrute da plateia. Há sempre cenas quentes de sexo, atores vendendo charme, fotografia de comercial de cartão de crédito e uma liçãozinha de moral no fim. Não tentou ser diferente no seu mais recente filme, *Infidelidade*.

Quando filmou *Atração fatal*, conseguiu assustar muitos homens que praticavam sexo casual fora do casamento. O risco de topar com uma neurótica feito a Glenn Close não compensava a perda da família, tradição e propriedade. Melhor ficar em casa, fiel como um labrador. Como de praxe, o vilão do filme não era o adúltero (Michael Douglas), e sim a destruidora de lares, que teve o fim que merecia, ah, teve.

Infidelidade é, de modo menos histérico, a versão feminina de *Atração fatal*. As mulheres vão pensar duas vezes antes de se aventurar com um jovem-livreiro-francês-lindo-de-morrer que esbarrar com elas (isso acontece todo dia, você sabe). E os jovens livreiros ou similares vão pensar 200 vezes antes de se engraçar para a mulher do próximo. Neste aspecto, o de incentivar a manutenção da monogamia, Lyne segue a cartilha de *Atração fatal*, apenas muda o foco sobre os personagens: agora não há vilões. São todos vítimas.

Cinema é a arte do irreal: quanto mais exagerado, mais fascina. Se fosse um filme real, Adrian Lyne abriria mão de abordagens superficiais e investigaria a natureza do desejo humano, aprofundaria esta necessidade de seduzir e ser seduzidos que homens e mulheres sentem e que nada tem a ver com amor, é outro assunto. Se fosse um filme real, a culpa não estaria em trair um Richard Gere (se fosse um Danny De Vitto, tudo bem?), mas em trair instintos pessoais, naturais e irracionais que diariamente sufocamos (reveja *As pontes de Madison*). Se fosse um filme real, estaria ali que o sexo quase nunca é o verdadeiro motivo de uma infidelidade, já que marido e mulher, ao contrário do que Lyne sugere, não fazem só papai-e-mamãe, há sexo impudico e prazeroso nos santos lares também. Se fosse um filme real, falaria mais sobre a rebeldia inerente a todo coração, sobre a vaidade que leva as pessoas a dizerem sim para o que lhes é enigmático, sobre consequências que nem sempre são trágicas, e mostraria que uma pessoa é sempre mais valiosa do que uma instituição, é a instituição que deve servir a ela, e não o contrário. Mas aí a bilheteria iria para as cucuias.

Infidelidade não é um mau filme, é apenas um filme que não conta tudo.

Querer mesmo

O navegador Amyr Klink, ao ser perguntado por um repórter sobre o que sentia a respeito das pessoas que passam 30 anos trabalhando no mesmo escritório, sentadas a vida inteira diante da mesma escrivaninha, respondeu: "inveja". Klink admira quem consegue ser feliz numa rotina imutável e tediosa. Como ele não consegue, sai pelo mundo em busca de desafios.

Foi uma resposta provocativa. Inveja é justamente o que nós, seres confortavelmente acomodados, sentimos de Amyr Klink, quando o vemos excursionar por cenários glaciais de tirar o fôlego e fazendo da superação dos seus medos a sua rotina. Qual o segredo desse cara, afinal, para conciliar família e aventura? A gente também adoraria essa vida, mas a diferença entre ele e nós, acreditamos ingenuamente, é que ele tem patrocínio para sua falta de juízo, enquanto que nós temos juízo de sobra e dinheiro contadinho no final do mês.

Na verdade, nossa resignação é conveniente, já que realizar sonhos dá muito trabalho. A única diferença entre ser um navegador e ser um economista-que-sonha-em-ser-um-navegador é que um quis mesmo. O outro não quis tanto assim.

Para romper convenções e arriscar-se no desconhecido, é preciso querer mesmo. Querer mesmo escalar uma montanha, querer mesmo surfar uma onda assassina, querer mesmo filmar um documentário na África, querer mesmo ser correspondente de guerra, querer mesmo trabalhar na Nasa, só para citar outras aventuras supostamente inatingíveis. Querer mesmo, em vez de apenas querer, abre a cancela de qualquer fronteira, seja ela geográfica ou emocional.

Antes de alcançar os pontos mais indevassáveis da Antártida a bordo de barcos equipados com alta tecnologia, Klink remou bastante, não ficou em casa mentalizando seu sonho. Querer mesmo significa abrir mão de uma série de confortos, tomar muito chá de banco, ver inúmeras ideias darem errado antes de darem certo. E, em troca, ser chamado de doido varrido.

Querer, a gente quer muita coisa. Mas quase sempre é um querer preguiçoso, um querer que não nos impulsiona a levantar da cadeira, ainda mais quando nosso projeto tem 0,5% de chance de sucesso. É difícil conseguir o que se quer. Só se torna menos difícil quando se quer mesmo. Pena que alguns só querem mesmo é ser rico ou ser gostosa, para isso fazendo coisas muito mais insanas do que faz Amyr Klink. O que todos deveriam querer, mas querer mesmo, é fugir da mediocridade.

Sala de espera

Estávamos apenas nós duas naquela sala, além de uma samambaia e uma mesinha de centro com dois exemplares antigos da Superinteressante. Após 40 minutos eu já sabia tudo sobre a vida dela. Tudo. E as únicas palavras que trocamos foram, de minha parte, "vinte para as onze", em resposta a uma pergunta que ela me fez e que você pode adivinhar qual é.

Eu sei que ela se chama Ana Paula, que idade tem, onde mora, seu estado civil e seu número de telefone, porque uma secretária indiscreta a fez preencher uma ficha em voz alta. Depois a secretária desapareceu da tela do nosso radar e eu pude descobrir o que só se descobre quando se reparte um silêncio.

Ela pegou a primeira revista, que eu já havia lido. Deu uma folheada nervosa, virando as páginas com uma rapidez que não possibilitava a leitura nem mesmo das manchetes. Estava de pernas cruzadas e usava um escarpim um número maior que o seu. Fazia um movimento com o pé que possibilitava calçar e descalçar a parte de trás do sapato várias vezes seguidas. Assim pude perceber que sua meia estava rasgada na sola. Um buraquinho pequeno, porém visível. Era uma mulher que tinha coisas a esconder.

Quando estava quase no final da revista, ela parou numa reportagem sobre fantasias sexuais. Descruzou as pernas, cruzou-as de novo e parou com o pé. Parou o tempo também. Começou a ler fingindo desinteresse, mas não conseguia disfarçar o sorriso dos olhos, ninguém consegue. Eu podia adivinhar até o parágrafo que ela estava relendo pela terceira vez: aquele que falava sobre atar o parceiro na cama como exercício de dominação.

Dez minutos depois, o seu celular tocou. Ela conferiu o número e atendeu. "Vou me atrasar, mas não sai daí. Acho que mais meia hora. Hum-hum. Eu também. Estava pensando nisso agora mesmo. Te mato se você não me esperar. Outro." Exercício de dominação.

Desligou o telefone. Acomodou o seio esquerdo dentro do sutiã, por cima da blusa mesmo. Descruzou as pernas e cruzou-as novamente. Jogou a revista na mesinha e pegou outra, mas antes de começar a folhear, desistiu e atirou-a de volta. Então olhou pra mim.

Sei tudo sobre você, Ana Paula. Já está arrependida de ter marcado esta consulta por causa de uma dorzinha de cabeça à-toa. Nem precisava procurar um médico, o diagnóstico é culpa. Culpa do que você faz às escondidas. Dedicou-se tanto na escolha da lingerie que negligenciou as meias. Pare de roer as unhas. Vá embora antes que ele não te espere.

Ela olhou para mim com fúria. A esta altura, também já sabia tudo sobre mim: que sou voyeur e doida. Seus lábios entreabriram-se e ela inclinou o corpo para a frente, preparando-se para falar. Pensei: ela vai perguntar o que faço num clínico geral, se é evidente que meu caso é para um psiquiatra. Eu iria responder poucas e boas para esta piranha. Vamos, pergunta, Ana Paula.

"Você tem horas?"

O que os outros vão pensar?

Quando eu era pequena, não tinha medo nenhum de bicho-papão, mula-sem-cabeça, bruxa malvada ou do diabo a quatro. Quem me aterrorizava era outro tipo de monstro. Eles atacavam em bando. Chamavam-se "Os Outros".

Nada podia ser mais danoso do que Os Outros. As crianças acordavam de manhã já pensando neles. Quer dizer, as crianças não: as mamães. Era com Os Outros que elas nos ameaçavam caso não nos comportássemos direito. Se não estudássemos, Os Outros nos chamariam de burros. Se não fôssemos amigos de toda a classe, os Outros nos apelidariam de Bicho-do-Mato. Se não emprestássemos nossos brinquedos, Os Outros nunca mais brincariam conosco. E o pior é que as mães não mantinham a lógica do seu pensamento. "Mas mãe, todo mundo dorme na casa dos amigos." "Eu lá quero saber dos Outros? Só me interessa você!" Era de pirar a cabeça de qualquer um. Não víamos a hora de crescer para nos ver livres daquela perseguição.

Veio a adolescência, e que desespero: descobrimos que Os Outros estavam mais fortes do que nunca, ávidos por liquidar com nossa reputação.

"Você vai na festa com essa calça toda furada? O que Os Outros vão dizer?"

"Filha minha não viaja sozinha com o namorado, não vou deixar que vire comentário na boca dos Outros."

Não tinha escapatória: aos poucos fomos descobrindo que Os Outros habitavam o planeta inteiro, estavam de olho em todas as nossas ações, prontos para criticar nossas atitudes e ferrar com nossa felicidade.

Hoje eles já não nos assustam tanto. Passamos por poucas e boas e, no final das contas, a opinião deles não mudou o rumo da nossa história. Mas ninguém em sã consciência pode se considerar totalmente indiferente a eles. Os Outros ainda dizem horrores de nós. Ainda têm o poder de nos etiquetar, de nos estigmatizar. A gente bem que tenta não dar bola, mas sempre que dá vontade de entregar os pontos ou de chorar no meio de uma discussão, pensamos: "Não vou dar este gostinho para Os Outros".

Está para existir monstro mais funesto do que aquele que poda nossa liberdade.

My sweet George

George Harrison tornou-se mais ex-beatle do que nunca: saiu de cena aos 58 anos, vítima de um câncer que já o estava corroendo havia algum tempo. Por ser uma morte anunciada, não tivemos a mesma surpresa como quando recebemos a notícia da morte de John Lennon. Lembro que o assassinato de Lennon caiu como uma bomba na cabeça de todos. Na minha, ao menos.

Nessas horas entendo o significado da palavra "fã". Eu nunca fui ao velório de alguém que não conheci, jamais entrei numa fila para dar um último adeus a uma figura pública, mas sendo o morto alguém que se admira, o luto instala-se do mesmo jeito, silenciosamente. Os Beatles fizeram parte da minha história, compuseram a trilha sonora da minha infância, então não é exagero sentir, com a morte de Harrison, que perdi alguém.

O que diferencia a morte dele da morte de Ayrton Senna, por exemplo, é que Harrison participou da minha formação. Senna era um ídolo e lamentei também seu desaparecimento, mas com um pesar patriótico, não com uma dor individual. Eu não compartilhei nada com Senna, mas com o guitarrista dos Beatles eu troquei confidências, eu o deixei entrar no meu quarto.

Acho que é uma sensação parecida com a de perder amigos de uma mesma geração. Eu senti muito a perda de alguns tios e avós, mas nada me deixou mais atônita do que quando, anos atrás, perdi um amigo da mesma idade que eu, que trabalhava junto comigo, com quem já havia trocado gargalhadas e segredos daqueles que a gente promete levar para o túmulo, e leva. Esse amigo conviveu menos comigo do que tios e avós, mas e daí? Era a morte me dando o recado de que a vida é frágil e que a juventude não é onipotente como parece. A morte não estava recolhendo um galho da minha árvore genealógica, ela estava capturando alguém do meu presente, do meu instante. Levava um pouco de mim também.

O George Harrison que se foi não é esse George Harrison que eu via nas fotos atualmente, grisalho, apático, já meio inativo. Perdi o Harrison de uma época que também estou perdendo, é a confirmação da passagem do tempo. Parecia que eu e ele tínhamos a mesma idade anos atrás. Parecia que não havia muita distância. Os Beatles moravam lá em casa.

Não é bom perder nada que nos seja contemporâneo. Sente-se duas vezes, por eles e por nós. Que Ringo e Paul resistam bravamente aos passar dos meus dias.

Big Mother

Ela é um doce, queridona, superdisponível, mas que olho tem essa mulher. Vale por todas as câmeras juntas dos reality shows. Ela é a Big Mother. A que enxerga tudo.

Você está quietinha no seu canto, encerrada dentro do quarto, supondo, logicamente, que está sozinha, quando: toc, toc, toc. É a Big Mother. "Tô vendo que você não está legal, minha filha." "Vendo como, mãe?" "Não adianta disfarçar, abra esta porta e me diga o que está acontecendo, nem ouse me esconder alguma coisa."

Você acabou de falar no telefone com sua mãe, deu todas as coordenadas, fez o relatório completo do seu dia, missão cumprida. Dois minutos depois, o telefone toca outra vez: "Guilherme, você falou, falou, mas não disse o principal. Senti sua voz diferente. Confia na sua mãe, o que está havendo?"

Você acaba de almoçar na casa dela. Está tudo bem com você, mas ela encasqueta. "Juliana, você não tocou na batata suíça. Você adora batata suíça." "Mãe, você está controlando o que eu como?" "Não mude de assunto, meu anjo. Algo está atormentando você. Reparta comigo."

Você estava no bem-bom com o cara que conheceu no sábado. Foi tudo feito às pressas e ele foi embora antes que sua mãe chegasse em casa. Quando ela chega, no entanto, sente algo estranho no ar. "Carolina! Alguém esteve aqui com você." "Pirou, mãe?" "Você ainda não me viu pirada: anda, dá logo o serviço."

Você emagrece 300 gramas. "Luiz Alberto, você está um fiapo, tá tomando droga, meu filho?"

Você engorda 300 gramas. "Luiz Alberto, essa sua gordura é ansiedade. Está preocupado com seu emprego, é isso?"

Você volta pra casa depois de jantar com a gata mais maravilhosa do hemisfério sul. Assim que chega, sua mãe decreta: "Ela não serve pra você".

"Ela quem, mãe?" "Esta que você levou pra comer talharim ao pesto e beber Miolo Reserva hoje à noite." "Quem lhe contou?" "Coração de mãe sente as coisas, meu filho."

Big Mother. Não escapa nada.

Ciúme das coisas

Tem gente que não tolera emprestar seus maridos e esposas pra vida: eles têm que ser mantidos entre quatro paredes, sob vigilância cerrada. Ciúme é o quê? Sentimento de posse. No entanto, ninguém é dono de ninguém, não se compra um marido bem madurinho na feira, ou uma mulher 0km numa revenda autorizada. Pessoas são livres, têm desejos próprios, poder de escolha. Vão pra lá e pra cá, fazem o que bem entendem. É por isso que sentir ciúme dos outros é infrutífero e perturbador, pois não temos controle sobre as pessoas, mesmo que aquela certidão de casamento guardada na gaveta nos iluda do contrário. É mais coerente sentir ciúme de objetos inanimados, comprados com nosso suado dinheirinho, coisas que trouxemos pra casa e dali não deveriam sair jamais. Livros, por exemplo.

Se você ama ler e ama ter seus livros por perto, pergunto: não fica morrendo de ciúmes quando um amigo pede emprestado um exemplar que você adora, que está todo sublinhado, que virou uma espécie de bíblia íntima? Negar o empréstimo é complicado. Então você diz sim, seu amigo leva o livro e a graça de viver acaba. Puxa, um livro não sabe se cuidar sozinho. Vai ficar lá jogado numa casa estranha, será folheado com desprezo. Seu amigo poderá deixar pingar café nas páginas. E ele vai espiar tudo o que você sublinhou e tirar conclusões precipitadas. O livro será devolvido? Mistério. Você costuma ler um livro em uma semana no máximo, e ele levará certamente um semestre. Um semestre! É uma eternidade longe do seu amor. Seu livro não pode telefonar pra você, não pode pedir pra voltar, ficará criando pó em estantes desconhecidas, esquecido, humilhado. Eu só empresto livros para quem tenho certeza de que os ama tanto quanto eu, e quando sei que serão lidos num prazo razoável. Se não há intenção de me devolver logo, que estabeleçam um resgate: eu pago.

Cada um com seus amores. Tem gente que tem ciúme de suas roupas, ciúme de seus discos, de suas canetas, e o caso mais clássico: de seu carro! Você empresta seu carro pra qualquer pessoa numa boa? Numa boa mesmo? Não fica achando que vão arranhar a marcha, que vão sair com o freio de mão puxado, que vão deixar fios de cabelo no assento e vão esquecer de desligar o farol quando saírem? Como tem gente evoluída nesse mundo.

Sentir ciúme de pessoas é compreensível, mas é perda de tempo: elas não são nossas. Podem nos amar, adorar, querer passar o resto da vida ao nosso lado, mas também podem querer se mandar. Afinal, elas têm pernas, são seres vivos, se quiserem ir embora, irão. Já livros, carros e roupas não sabem correr, pedir socorro, exigir respeito. Não ficam cantando "eu sou de ninguém, eu sou de todo mundo". Uma vírgula. São nossos, propriedade privada. Pode ir tirando essa mão boba daí.

Frases que não servem pra nada

Têm frases que não servem pra nada, são ditas só por dizer. Será que não servem pra nada mesmo? Na verdade, estas frases servem para disfarçar silêncios embaraçosos, ou para demonstrar uma boa intenção. O título desta crônica deveria ser "Frases que não servem para *quase* nada", mas iria ficar muito extenso.

Vamos a elas.

"Vai passar." Sua amiga está no fundo do poço, não consegue nem sair da cama de manhã, uma depressão que se instalou há meses e que ninguém consegue detectar a origem. Vai passar? Provavelmente, mas o fato de você dizer estas duas palavrinhas não muda nada. Sua presença ali, mesmo quietinha, ajuda muito mais.

"Desculpe qualquer coisa." Conheci uma senhora muito humilde que fazia serviços domésticos e que, na hora de se despedir, sempre pedia desculpas por alguma coisa que ninguém sabia o que era. Ela teria quebrado algum copo? Ela dissera alguma impropriedade? Nada, era uma profissional de primeira. Desconfio que ela se sentia um estorvo na família. Era uma espécie de constrangimento por existir. Uma vez, brincando, ameacei-a com demissão se continuasse pedindo desculpas por nada. Na mesma hora ela me pediu desculpas por pedir tantas desculpas.

"A gente se fala." Vem engatado no tchau, é automático. A gente se fala um dia, a gente se fala uma hora dessas, a gente se fala em outra encarnação. Nada pode ser mais abstrato.

"Eu não disse?" Você acaba de provar que tem vocação para vidente. Mas não espere agradecimentos, no máximo um sorriso amarelo. Geralmente este "eu não disse?" vem depois de uma previsão agourenta. "Você vai cair dessa bicicleta." Tibum!

"Você tem que reagir." Na verdade o que a gente deveria dizer mesmo é "procura outro emprego/sai desse casamento/troca de médico/faz uma terapia/bota a boca nos jornais". Mas vá que o maluco siga mesmo nossos conselhos. Melhor não arriscar.

"Tira ela da cabeça." Moleza. Você namorou a mulher cinco anos, moraram juntos, fizeram planos, ela era tudo o que você nem se atrevia a sonhar, e um belo dia, puf. Acabou. Eu não disse? Não era pro seu bico. Mas vai passar. Você tem que reagir. Tira ela da cabeça. Vou indo, a gente se fala. E desculpa qualquer coisa.

Monogamia

Acabei de ler o livro *Monogamia*, do psicanalista Adam Philips. É um livro pequeno, que reúne rápidos aforismos sobre o tema. Sabemos que, de todas as interrogações provocadas pelas relações amorosas, a questão da fidelidade é a que mais perturba os casais. É possível manter-se juntos por toda a vida, sem sentir-se atraído por uma terceira pessoa? Como ser fiel ao outro e, ao mesmo tempo, fiel aos nossos mais íntimos desejos? Somos monógamos por natureza ou por aculturação? Sabemos as respostas. O livro apenas ajuda a justificar nossas dúvidas.

Das ideias que o livro traz, uma, especialmente, deixa claro o pilar que sustenta a monogamia. O autor diz que não temos controle sobre o que as pessoas pensam de nós. Que por mais que tentemos ser coerentes, há várias ideias sobre nós ganhando as ruas, o boca a boca nos recria, somos vários aos olhos dos outros. "A monogamia é uma forma de reduzirmos ao mínimo as versões de nós mesmos."

Concordo e faço coro. Monogamia é uma regra de conduta socialmente aceitável que pouco tem a ver com amor, mas com restrição. Quanto menos deixamos vazar nossas contradições, nossos ímpetos e nossas personalidades malditas, mais seguros ficamos. Seguros de nós mesmos. É uma maneira de privilegiar apenas o nosso lado bom, domesticado. Tivéssemos liberdade, nosso lado selvagem e inquieto requisitaria o mesmo direito de existir, nossas versões pessoais seriam múltiplas, e bye bye sociedade organizada.

Ciúmes, possessão, tédio, rotina... todas as queixas sobre casamento têm como origem o medo de ser traído e a vontade de trair, vontade essa que costuma ser sufocada em respeito às regras do jogo. Se as regras fossem mais flexíveis, como seriam as relações? Adam Philips não aponta saídas, apenas traz à tona questões que a maioria dos casais tem por hábito varrer para baixo do tapete. Não precisamos mudar nada, se estamos felizes. Mas se não estamos, não custa tirar os móveis do lugar e limpar a poeira que acumulamos com o tempo. Refletir, conversar, debater, assumir, encarar: há várias maneiras de se sentir menos engaiolado.

Feliz ano-novo

Foi-se embora mais um ano, 12 meses, mais de 300 dias em que pagamos contas e procuramos lugar pra estacionar. Um ano a mais de experiências vividas, um ano a menos de juventude. Um ano a mais de filmes de que gostamos, trabalhos que nos frustraram e pessoas com quem convivemos menos do que gostaríamos. Tempo consumido em chopes, estradas, telefonemas, suor, tevê e cama. Você envelheceu ou cresceu este ano?

Envelhecemos sentados no sofá, envelhecemos ao viciar-nos na rotina, envelhecemos criando os filhos da mesma forma como fomos criados, sem levar em conta algumas novas necessidades, outras formas de ser feliz. Envelhecemos passando creme antirrugas no rosto antes de dormir, envelhecemos malhando numa academia, envelhecemos nos queixando da tarifa do condomínio e achando que todo mundo é estúpido, menos nós. Envelhecemos porque envelhecer é mais fácil do que crescer.

Crescer requer esforço mental. Obriga a tomadas de consciência. Exige mudanças. Crescer é a antirrepetição de ideias, é a predisposição para o deslumbramento, é assumir as responsabilidades por todos os nossos atos, os bem pensados e os insanos. Crescer dá uma fisgada diária no peito, embrulha o estômago, tem efeitos colaterais. Machuca.

Envelhecer não machuca. Envelhecer é manso, sereno. Envelhecer é uma apatia, um não-desempenho, um deixa pra lá, vamos ver o que acontece. O que acontece é que você fica mais velho e se considerando tão sábio quanto era anos atrás, anos que passaram iguais, sabedoria que não se renovou.

Crescer custa, demora, esfola, mas compensa. É uma vitória secreta, sem testemunhas. O adversário somos nós mesmos, e o prêmio é o tempo a nosso favor. Feliz ano-novo.

Saindo do armário

Fui ver *O closet*, comédia francesa com Daniel Auteuil e Gérard Depardieu, que conta a história de um homem que, prestes a perder seu emprego de contador numa fábrica de camisinhas, espalha que é gay, assim o chefe o manterá no cargo para evitar protestos de sua clientela mais cativa.

Particularmente, acho a linguagem do filme meio bobalhona e os personagens caricatos, mas não há dúvida de que o roteiro é inteligente e nos faz pensar. O personagem principal é um cara desinteressante e submisso. A mulher o abandonou, o filho não lhe dá a mínima e a vida resume-se a cumprir seu trabalhinho burocrático de segunda a sexta. Um homem sem opinião. Sem posição. Um zé-ninguém.

Quando descobre que vai ser demitido, pensa até em suicídio, pois não lhe restará mais motivo para levantar da cama de manhã. Até que um vizinho lhe dá a ideia de "sair do armário" (um armário que na verdade ele nunca entrou) e ameaçar fazer barulho nos jornais se for cortado da empresa. Num dos diálogos mais interessantes do filme, ele comenta com o vizinho que não saberá imitar um gay, no que o vizinho responde que ele não precisa mudar nada no seu comportamento, o olhar dos outros em relação a ele é que mudará. Chegamos ao ponto.

Uma vez o boato espalhado entre os colegas, tudo ao redor do personagem transforma-se, menos o próprio. As pessoas passam a ter opinião sobre ele, o mundo movimenta-se, sai do lugar. Ele começa a existir.

Muitas pessoas sonham em ser invisíveis para poder observar os outros e saber o que eles diriam se não percebessem sua presença. Eu sei o que eles diriam: nada. Os invisíveis não interessam. Há muitos invisíveis entre nós: são aqueles que adotam uma postura neutra, um comportamento padrão, não defendem suas ideias nem seus direitos.

A neutralidade cria uma ilusão de ótica: desaparecemos aos olhos dos outros. Para reaparecer, uns se cobrem de ouro ou procuram sair na capa de uma revista, mas não carece tanto espalhafato. Basta assumir suas preferências, batalhar por um projeto de vida, ir contra a maré se for preciso, ter nome e sobrenome registrados em cartório e defendê-los de qualquer humilhação, não ser um parasita e sim uma pessoa que faz diferença. Todos nós temos que sair do armário um dia e dizer "eu sou", não importa o quê.

O caso dos dez negrinhos

Se existe uma culpada pela minha quedinha por romances policiais, acuso: chama-se Agatha Christie. Foi através de seus *Assassinato no Expresso Oriente*, *Cipreste triste* e *O caso dos dez negrinhos* que me rendi ao gênero e que mais tarde aprendi a gostar também de Patricia Highsmith, outra dama da literatura de suspense. Pois um amigo que mora na Alemanha e com quem troco correspondência virtual me informa que a revista Der Spiegel noticiou que os herdeiros da escritora decidiram proibir a utilização do título *O caso dos dez negrinhos* nas futuras reedições. Esse título é ofensivo, uma vez que negro é uma palavra pejorativa, argumentaram eles. A partir de agora o romance se chamará *E então não há mais nenhum*.

Com todo respeito: é levar demasiadamente a sério essa febre do politicamente correto. Se a moda pega no Brasil, alguns livros poderão sofrer rebatizados semelhantes. *O Navio negreiro*, de Castro Alves, e a lenda do nosso *Negrinho do pastoreio* poderão entrar na mira dos defensores de um vocabulário menos ultrajante e virar *Navio com passageiros de cor* e *O afro-americaninho do pastoreio*. Clássicos como *A moreninha*, de Joaquim Manuel de Macedo, e *O mulato*, de Aluísio Azevedo, com sorte, escaparão ilesos.

É bom lembrar que a lista de termos considerados incorretos não se restringe às classificações de raça. *Notas de um velho safado*, de Charles Bukowski, poderá se transformar em *Notas de um indivíduo de idade avançada com atenção fortemente voltada para o sexo*, e a obra-prima de José Saramago, *Ensaio sobre a cegueira*, poderá trazer em suas novas edições o título *Ensaio sobre o desprovimento de capacidade visual*.

A gente poderia ficar aqui até amanhã se divertindo com essas traduções. Não nego (do verbo negar) que a expressão negrinho só é simpática para nominar aquele doce também conhecido como brigadeiro, pois ele tem um oponente, o branquinho, e assim ninguém se sente diminuído. Até pode ser que a troca do título de um livro ajude a melhorar as relações entre pessoas de raças diferentes, vá saber. Mas, sinceramente, acho uma forçação de barra, uma patrulha que cada vez mais nos enquadra num comportamento padronizado e nos impede de ser politicamente alegres e sem ranço.

Eureka!

Cada semana, uma novidade. A última foi que pizza previne câncer do esôfago. Acho a maior graça. Tomate previne isso, cebola previne aquilo, chocolate faz bem, chocolate faz mal, um cálice diário de vinho não tem problema, qualquer gole de álcool é nocivo, tome água em abundância, mas não exagere... Diante dessa profusão de descobertas, acho mais seguro não mudar de hábitos. Sei direitinho o que faz bem e o que faz mal pra minha saúde.

Prazer faz muito bem. Dormir me deixa 0km. Ler um bom livro faz eu me sentir nova em folha. Viajar me deixa tensa antes de embarcar, mas depois eu rejuvenesço uns 5 anos. Voos aéreos não me incham as pernas, me incham o cérebro, volto cheia de ideias.

Brigar me provoca arritmia cardíaca. Ver pessoas tendo acessos de estupidez me embrulha o estômago. Testemunhar gente jogando lata de cerveja pela janela do carro me faz perder toda a fé no ser humano. E telejornais os médicos deveriam proibir – como doem!

Essa história de que sexo faz bem pra pele acho que é conversa, mas mal tenho certeza de que não faz, então, pode-se abusar. Caminhar faz bem, dançar faz bem, ficar em silêncio quando uma discussão está pegando fogo faz muito bem: você exercita o autocontrole e ainda acorda no outro dia sem se sentir arrependido de nada.

Acordar de manhã arrependido do que disse ou do que fez ontem à noite é prejudicial à saúde. E passar o resto do dia sem coragem para pedir desculpas, pior ainda. Não pedir perdão pelas nossas mancadas dá câncer, não há tomate ou mozzarella que previnam.

Ir ao cinema, conseguir um lugar central nas fileiras do fundo, não ter ninguém atrapalhando sua visão, nenhum celular tocando e o filme ser excepcionalmente bom, uau! Cinema é melhor pra saúde do que pipoca. Conversa é melhor do que piada. Beijar é melhor do que fumar. Exercício é melhor do que cirurgia. Humor é melhor do que rancor. Amigos são melhores do que gente influente. Economia é melhor do que dívida. Pergunta é melhor do que dúvida.

Tomo pouca água, bebo mais de um cálice de vinho por dia, faz dois meses que não piso na academia, mas tenho dormido bem, trabalhado bastante, encontrado meus amigos, ido ao cinema e confiado que tudo isso pode me levar a uma idade avançada. Sonhar é melhor do que nada.

Sex and the City

Assisti só uma vez a *Sex and the City*. Não tenho dúvida de que é bom, o problema é que nunca guardo o dia e a hora em que vai ao ar. Então, comprei o livro. Que não consegui acabar de ler: achei uma chatice.

Lá pela metade da leitura eu já estava enjoada daquele mulherio sem a menor capacidade de se introspectar. Segundo o livro, a mulher de hoje é fútil, obcecada por sexo e seu único desejo é encontrar um solteiro rico que a desencalhe. Que las hay, las hay, mas devagar com o andor.

Sim, mulheres querem casar, é um desejo que vem do berço, cultivado em família e incrementado pela pressão social e pela necessidade de procriar. Então a gente namora, casa, descasa, casa de novo, até o final dos dias, acertando e errando. Isso não descredibiliza ninguém. Mas uma coisa é querer se realizar afetivamente, outra é perder tempo fofocando dentro do banheiro ou analisar os pretendentes de acordo com o saldo bancário. Não convém colocar todas as mulheres no mesmo saco.

Há outros tipos de mulheres além de Carrie e suas amigas. São mulheres que vão ao banheiro – sozinhas! – apenas para fazer xixi e retocar a maquiagem. São mulheres que, não tendo grana para uma roupa de grife, compram um vestido transado num brechó e ficam lindas. São mulheres que não se importam com a marca do carro ou do sapato do cara: elas torcem é para que ele tenha algum talento e algum QI. O resto é blefe.

O fato de hoje termos nosso trabalho e nosso dinheiro não significa que tenhamos nos tornado todas comedoras e competitivas. Mulheres seguem românticas como sempre foram. E muito atentas ao que lhes acontece dentro, aos seus desejos e angústias. Aposto que a maioria das mulheres se identifica muito mais com as personagens perturbadas que a atriz Julianne Moore leva para as telas de cinema do que com a esperteza charmosa de Sarah Jessica Parker. Ok, *Sex and the City* é comédia, a série da tevê é muito melhor que o livro e não é pra ser levada tão a sério. De qualquer maneira, não custa lembrar que mulheres são, sim, seletivas, mas nem todas selecionam o "macho alfa", como a autora do sitcom define os homens mais cobiçados. Há mercado para o macho beta, o macho gama e todos os homens que gostam de mulheres menos consumistas e menos neuróticas. Aliás, se for pra ser neurótica, sou mais a Julianne Moore – um pouquinho de densidade não faz mal a ninguém.

Noivos

Você passa na frente de uma vitrine e repara num casaco lindo, de camurça. Dá mais uma volta pelo shopping, mas não tira o casaco da cabeça: então retorna à frente da loja e o fica espiando mais um pouco. Entra, experimenta, pergunta o preço, acha caro, mas já está perdidamente apaixonada pelo casaco. No outro dia, lá está você no shopping de novo, levou uma amiga pra mostrar o dito cujo, quer saber se ela acha que ele vale quanto custa. Experimenta de novo. A amiga achou que você e o casaco foram feitos um para o outro. Você também acha. O que você está fazendo? Namorando.

No dia seguinte, ainda sem ter comprado o querido, você se dá conta de que a qualquer momento pode alguém se interessar pelo seu casaco. Claro, ele é maravilhoso, lindo, quentinho. E é peça única! Pode uma mocreia levá-lo com ela e você ter seus sonhos adiados até se encantar por outro modelo. Só que você não quer outro, quer aquele, mesmo que ainda não tenha condições de adquiri-lo. Resolve então correr até a loja e reservar o casaco. Garante para a vendedora que vai buscá-lo no dia seguinte, portanto ela já pode tirá-lo da vitrine. O que você acaba de fazer? Noivar.

Noivado é basicamente isso: reservar seu namorado ou namorada. Uma promessa de aquisição.

Acho o noivado tão obsoleto quanto o disco de vinil e a máquina de escrever, sendo que estes dois últimos já tiveram muita utilidade um dia. Já a utilidade do noivado segue sendo um enigma pra mim. Em tese, seria um namoro mais sério, mas a única coisa que torna um namoro sério é o envolvimento afetivo entre o casal, que pode se desfazer a qualquer momento ou não se desfazer jamais. Pra ter certeza, só com bola de cristal.

Noivado não garante nada, não cristaliza o amor, não congela a cena. É apenas uma formalidade para ganhar tempo e acalmar os ânimos da família: a gente vai casar, não fiquem nervosinhos.

Pura convenção. Ao mundo, o recado é que noivos e noivas estão fora do mercado, comprometidos com um desejo a longo prazo, seres indisponíveis a caminho de um armário fechado. Admita: até casamento pressupõe mais liberdade.

Filosofar em português

Um projeto de lei recém-aprovado pela Câmara propõe a volta das disciplinas de filosofia e sociologia no currículo do ensino médio. Há rumores de que o presidente Fernando Henrique Cardoso não sancionará o projeto, preocupado que está com medidas mais prioritárias. Eu só me pergunto o que será mais prioritário do que estimular as pessoas a pensar.

Caetano Veloso diz em uma de suas músicas que está provado que só é possível filosofar em alemão. Pudera. Nossa pátria, nossa língua, é escrita e falada por pessoas educadas pela televisão, que recebem tudo editado, traduzido e mastigado. Não há dúvida de que nossos estudantes pensam: pensam se o coroa vai liberar o carro para o fim de semana, se a gata vai continuar fazendo jogo duro, se este tal de Osama Bin Laden vai melar a viagem pra Califórnia. Pensam coisas sérias também. Pensam no futuro, pensam em realizar sonhos, pensam nos seus ideais. Mas pensam estimulados pela Fernanda Lima, pelo Luciano Huck e pelo Renato Russo. Pensam estimulados até por mim, que mantenho uma significativa percentagem de leitores jovens. É pouco. Muito pouco. É bacana ter ídolos, mas Platão e Aristóteles, esses caras sem rosto e sem idade, que nunca empunharam um microfone, têm o poder de ampliar o campo de atuação dos neurônios. Dizem que a gente só utiliza 5% do cérebro. Filosofar é a puxação de ferro que nos possibilita aumentar esse índice.

Qualquer ideia que possibilite maior rendimento escolar e melhor aproveitamento da vida precisa ser recebida com tapete vermelho. Quantas coisas idiotas aprendemos na escola que não nos servem pra nada? Que utilidade há em saber o símbolo químico do alumínio, a não ser para se dar bem no Show do Milhão? Filosofia é pensamento. Mais que isso, liberdade. Mais ainda, descoberta. Definitivamente, evolução.

Pode parecer uma matéria cacete, daquelas que convidam para uma bela matada de aula. Mas não é. Pensamento é aula prática, aplicável no dia-a-dia. Preenche mentes desocupadas com ideias consistentes, que levam a conclusões humanistas e libertárias. Fernando Henrique, como sociólogo de profissão e filósofo de ocasião, deveria assinar embaixo. Parece um projeto aristocrático, mas é justamente o contrário. Estimular a pensar é política popular.

Por que precisamos de alguém

Pode acontecer a qualquer hora do dia, de qualquer dia. Numa sexta-feira às 17h21min de uma tarde nublada. Você decide que não quer mais fazer o que faz, que precisa trocar de profissão ou trocar de país, mas lembra que pra isso precisa de uma grana que não tem. O sonho de repente fica distante, mas a angústia segue brutal, e então a solução: o telefone. Você liga pra pessoa que mais conhece você, que melhor decifra suas neuroses, e não é sua mãe nem seu psiquiatra: é ele. Aquela pessoa a quem você chama intimamente de amor.

Do outro lado da linha, o seu amor ouve pacientemente toda sua narrativa turbulenta e irracional, dá uma risada que não é de deboche e sim de quem já viu essa cena duas mil vezes e diz: daqui a pouco eu tô aí e a gente conversa sobre isso.

Daqui a pouco passa rápido e ele chega. Você não está mais pensando exatamente aquilo que estava pensando antes. Aquilo evoluiu para um diagnóstico emocional torturante: você não vai mais trocar de emprego nem de país, simplesmente porque descobriu que é uma pessoa instável, maluca e com fraquezas que se revelam no meio de uma tarde nublada, e que sendo assim é melhor ficar onde está. Mas chora. Não vai perder essa oportunidade.

Seu amor lhe dá um abraço de urso, faz estalarem sua terceira e quarta vértebras e fala que bom que você não vai embora, então que tal um cinema pra comemorar? Ao se olhar no espelho você se depara com uma mulher seis anos mais velha e 750ml de lágrimas mais inchada, mas antes que comece a chorar de novo, ele diz: tá linda. Vamos nessa.

O filme termina e você quer conversar. Mais calma, conta pra ele como é difícil pra você manter suas escolhas, que às vezes você gostaria de experimentar sensações novas, mas é complicado abrir mão do conhecido em favor do desconhecido e, olha, juro, dessa vez não é TPM. Então ele diz que também sente isso às vezes, dá um puta beijo nela e, olhando bem no seu olho, diz: é TPM, sim, mas não tem importância.

Amor não é mais do que isso.

Bruta flor do querer

Quando era menino, o pintor mexicano Diego Rivera entrou numa loja, numa daquelas antigas lojas cheias de mágicas e surpresas, um lugar encantado para qualquer criança. Parado diante do balcão e tendo na mão apenas alguns centavos, ele examinou todo o universo contido na loja e começou a gritar, desesperado: "O que é que eu quero???".

Quem nos conta isso é Frida Kahlo, sua companheira por mais de 20 anos. Ela escreveu que a indecisão de Diego Rivera o acompanhou a vida toda. Ao ler isso, me perguntei: quem de nós sabe exatamente o que quer?

A gente sabe o que não quer: não queremos monotonia, não queremos nos endividar, não queremos perder tempo com pessoas mesquinhas, não queremos passar em branco pela vida. Mas a pergunta inicial continua sem resposta: o que a gente quer, o que iremos escolher entre tantas coisas interessantes que nos oferece esta loja chamada Futuro? Sério, a loja em que o pequeno Diego entrou chamava-se, ironicamente, Futuro.

O que é que você quer? Múltiplas alternativas. Medicina. Arquitetura. Música. Homeopatia. Casar.

Ficar solteiro. Escrever um livro. Fazer nada o dia inteiro. Ter dois filhos. Ter nenhum. Cruzar o Brasil de carro. Entrar pra política. Tempo pra ler todos os livros do mundo. Conhecer a Grécia. Morar na Grécia. Morrer dormindo. Não morrer. Aprender chinês. Aprender a tocar bateria. Desaprender tudo o que aprendeu errado. Acupuntura. Emagrecer. Ser famoso. Sumir.

O que você quer? Morar na praia. Filmar um curta. Arrumar os dentes. Abrir uma pousada. Recuperar a amizade com seu pai. Trocar de carro. Meditar. Aprender a cozinhar. Largar o cigarro. Nunca mais sofrer por amor. Nunca mais.

O que você quer? Viver mais calmo. Acelerar. Trancar a faculdade. Cursar uma faculdade. Alta na terapia. Melhorar o humor. Um tênis novo. Engenharia mecânica. Engenharia química. Um mundo justo. Cortar o cabelo. Alegrias. Chorar.

Abra a mão, menino, deixe eu ver quantos centavos você tem aí. Olha, por esse preço, só uma caixinha vazia, você vai ter que imaginar o que tem dentro.

Serve.

Todo dia, a gente mesmo

Estou muito acostumada comigo. Acostumada a acordar tão cedo que passo o dia com o olho meio machucado, preferindo que as coisas não exijam ser vistas. E me acostumei, por causa disso, a sentir sono em horário de criança, são meus filhos que me botam na cama, apagam a luz e me dão um beijo de boa-noite.

Me acostumei com o gosto das minhas unhas e das minhas cutículas, pequenos lanches sem calorias. Estou acostumada com minha voz afetiva quando atendo o telefone e do outro lado está alguém por quem sinto saudades, e me acostumei com minha voz burocrática quando do outro lado há alguém que sei que vai me ocupar um tempo que não tenho disponível, não para alegorias.

Estou tão acostumada comigo que esqueço dos trajetos que faço pela casa: eu estava na cozinha, em seguida estou no computador, e quando dou por mim estou em frente ao espelho do banheiro, escovando os dentes quando já nem lembro o que almocei. Trilho pela casa com os mesmos passos, com o mesmo desassombro diante dos móveis e dos quadros.

Quando procuro um disco, olho para todos os nomes nas laterais dos CDs e é como se eu não enxergasse nada, são nomes tão familiares, impressos nas capas: Ben Harper, Elvis Costello, Fernanda Abreu... Não guardo nada em ordem alfabética, estou acostumada a não encontrar o que quero porque durante a procura eu mudo de ideia.

Quando tomo banho, o sabonete parece um ônibus que todo dia faz o mesmo percurso, não há originalidade no traçado do mapa, eu obedeço ao hábito, todos os dias as mesmas partes, na mesma ordem, os mesmos gestos embaixo d'água.

Estou tão acostumada comigo que tenho um rosto pronto para as fotografias e nenhum para o espanto, coloco e retiro o meu anel várias vezes e coço sempre a mesma área do braço, uma coceira de estimação que nem coça de verdade. Me acostumei com o minuto exato em que vem o espirro, sempre quando abro a gaveta do armário que guarda a poeira de outros invernos.

Acostumei com elogios e ofensas, tudo bate e rebate, frescobol de palavras, mas me acostumei a sorrir mesmo assim, que outro jeito não conheço. Estou tão acostumada comigo que nem percebo que para os outros sou estranha, objeto de opiniões, as contrárias e as melhores. Adivinho os meus erros e os acertos, o que vai me comover ou me irritar, e o costume é tanto que até dos outros adivinho a reação.

Estamos tão acostumados com a gente mesmo que nem prestamos mais atenção.

Repouso

Uma jornalista outro dia me perguntou se eu achava que a conquista amorosa tinha que ser cotidiana. Para ilustrar a pergunta (ou sutilmente condicionar minha resposta) ela citou um verso do poeta Nei Duclós: "Nenhuma pessoa é lugar de repouso". Um belo verso, que faz a gente pensar que não podemos descansar sobre um amor já conquistado, que devemos permanecer incansáveis em busca de seu incremento.

Pois é, belo verso, mas não concordo. Acho que a pessoa com quem a gente vive pode e deve ser lugar de repouso: é uma das sofisticações do amor. Depois de muitos anos juntos, é claro que a paixão evapora e a rotina toma conta. São favas contadas, acontece com todos os casais. Fazer o quê? Usar lingerie sexy, descobrir lugares inusitados para transar, "reinventar" a relação? Bobajada. Uma relação desgastada é coisa séria, não se salva com meia dúzia de truquezinhos de revista. Ao contrário, a gente tem é que tirar proveito desse momento sereno, que também tem seu valor.

É a delícia das delícias seduzir, cometer insanidades, viver adrenalizado por uma paixão. Muitos casamentos acabam pela falta disso tudo, mas se você não pretende terminar o seu e não está disposto a voltar para a excitante vida de solteiro, tire proveito da mansidão da sua história. Se você está há muitos anos com a mesma pessoa, provavelmente ela é quem melhor conhece você, já não é preciso dar muita explicação. Seus motivos, ânsias, métodos e desejos são conhecidos de cima a baixo, de trás pra frente, economiza-se muito em palavras, os gestos falam por si, e o silêncio é bem-vindo. Quer coisa melhor do que poder ficar quieto ao lado de alguém, sem que nenhum dos dois se atrapalhe com isso?

Longos amores conseguem atravessar a fronteira do estranhamento, um vira pátria do outro, amizade com sexo também é um jeito legítimo de se relacionar, mesmo não sendo bem encarado pelos caçadores de emoções. Se o telefone toca, é ótimo; se não toca, o mundo não acaba: não é pela ansiedade que se mede a grandeza de um sentimento. Sentar, ambos, de frente pra lua, se houver lua, ou de frente pra chuva, se houver chuva, e fazer um brinde com as taças, contenham elas vinho ou café, a isso chama-se trégua. Alguém como lugar de repouso. Até que sejam reconvocados pra guerra.

O novo

Procura-se, vivo: o novo. Morto não interessa. Procura-se a novidade que vai fazer o povo refletir, questionar, enlouquecer. Algo nunca visto, original, que desestruture, surpreenda, revolucione.

Raios, temos que ser novos. Não se pode repetir fórmulas, não se pode reprisar o que dá certo, ficam proibidos todos os prazeres conhecidos. Música, literatura, cinema, moda: reinventem-se! Ai de quem não ousar.

Se criamos frases com sujeito, verbo e predicado, não servem. Se fazemos concretismos, somos arcaicos. Arrancamos lágrimas, somos clichês. Arrancamos risos, somos superficiais. Criem, criem perucas feitas de acrílico, contos que matem o leitor, biquínis que mostrem a bunda: inspirem-se!!

Biquínis que mostrem a bunda, missão cumprida.

Por todo o lado, a cobrança. Relações novas, cores novas nas unhas, histórias nunca contadas, pensamentos nunca pensados, um jeito diferente de pintar o sol, de construir edifícios, de atender o telefone.

Fazer diferente, impressionar. Nada de ser lírico, nada de ser cru, transgrida, provoque a crítica, provoque o público, não caia no gosto popular, não seja excêntrico, não seja petulante, não seja o mesmo, não tenha estilo, não finja ser o que não é, não seja excessivamente confessional, olha o umbigo...

Decore sua casa com cáctus gigantes e tenha um lagarto como bicho de estimação. Não, isso é tão anos 70... Leia todos os clássicos da literatura alemã, francesa, inglesa, americana – sim, seja intelectual, isso pega bem até a meia-noite de hoje. A partir de amanhã, leia e releia blogs, literatura do futuro.

Use batom branco, não use calcinhas, tome energéticos, tome algo lilás, não seja bonito, seja interessante, consuma, consuma, consuma até encontrar o seu tipo, o seu modo de estar no mundo. É tudo tão antigo, tão igual, cause impacto, escandalize a plateia e o porteiro do seu prédio. Ou seja terna. Ternura! Enfim, uma palavra nova. Use ternura, coma ternura, vista ternura. Até o final desta estação.

Procura-se o novo. Embaixo da cama, em cima da cama, dentro dos livros, nos faróis dos carros, nos videoclipes. Despreza-se o mesmo, feito do mesmo jeito. Despreza-se a qualidade mil vezes vista. Despreza-se o consagrado – abram espaço para o inusitado.

Se vocês encontrarem o novo, não se apressem em me mostrar. Ainda estou absorvendo o que foi novo horas atrás.

Nada é vexame

Não faz muito tempo, Paulo Maluf estava no horário eleitoral da tevê contando tudo o que fez por São Paulo e dizendo que adora trabalhar, é alucinado por trabalhar, que ele passa o final de semana inteirinho rezando pra chegar segunda-feira. Pudera, não deve ser fácil fazer aplicações financeiras fora do país no domingo.

O que me espanta é a cara-de-pau. Eu vejo essa gente constantemente se explicando em rede nacional e penso: será que não bate uma vergonhazinha? Ir para a frente de uma câmera declarar-se o homem mais íntegro do planeta enquanto explodem acusações de atos ilícitos pra tudo que é lado. Será que à noite, antes de dormir (no hotel Plaza Athénée, em Paris), o cara não pensa: caramba, quando é que eu perdi o senso do ridículo?

Tem uma outra situação que acho o mico do século: é quando uma mulher sai nua numa revista e depois faz sessão de autógrafos. Posar nua, tudo bem. Umas fazem por vaidade, outras por necessidade e ninguém tem nada com isso. Mas autografar? Numa livraria??? Putz, se até escritor fica constrangido de ver aquela fila enorme de pessoas esperando por uma assinatura no livro, o que dizer de uma mulher que vai autografar a própria bunda. "Oi, Maryeva, admiro muito seu trabalho, você pode autografar pra mim, Edmilson, aqui bem no meio do pôster central?" Bom humor é tudo nesta vida, mas será que essa mulherada não sente vontade de sumir pelo ralo?

Quando uma apresentadora de tevê vai pra capa de uma revista dizer que finalmente encontrou o amor da sua vida, será que não fica meio avexada quando, três semanas depois, é capa da mesma revista e declara-se novamente solteira e disposta a encontrar o homem dos seus sonhos? Ok, é comum a gente se enganar, se iludir quanto à intensidade de um amor, mas todos os meses?

Eu morro de vergonha quando um texto meu é publicado com erro, ou quando esqueço o nome de uma pessoa com quem estou conversando, ou se o moço que veio arrumar o chuveiro descobre minha calcinha pendurada no box. Enquanto isso, mulheres ficam de quatro para qualquer fotógrafo e homens declaram-se honestos, mesmo com todas as provas em contrário, e ninguém fica ao menos vermelho, seguem todos com suas dignidades intactas, o faturamento justificando a cara dura que Deus lhes deu.

Mico? Pago eu, que ainda me assombro.

Reuniões pra quê?

— Eu gostaria de falar com o Eduardo.
 — Quem gostaria?
 — Luiz Alfredo.
 — Luiz Alfredo de onde?
 — Luiz Alfredo da turma do Anchieta de 79, última fila, perto da janela, eu era aquele que sempre perdia a tampa da Bic.
 — Sinto muito, seu Eduardo está em reunião.

Luiz Alfredo terá que esperar a reunião do amigo acabar, e isso levará algo em torno de duas horas e meia. Eduardo é o novo gerente de uma empresa que tem essa mania estranha de fazer longas reuniões para decidir coisas que poderiam ser resolvidas com uma conversa rápida no corredor ou pela internet. Mas ninguém vive sem cafezinho e retórica.

Na reunião, a terceira do dia, Eduardo está falando da importância de quebrar paradigmas e de agregar valor, e sente-se um idiota por repetir expressões que fazem seus subalternos olharem para ele com se estivessem vendo um executivo extraterrestre, um super-homem de gravata. Eduardo sabe que não está agregando valor nenhum com essa conversa pedante e que poderia resolver as coisas com menos formalismo, em linguagem de gente normal.

Mas Eduardo precisa preencher mais uma hora de reunião, pois ele também tem um superior que está checando seu perfil competitivo, que está observando as técnicas motivacionais que ele adota como gerente, que está analisando o desempenho de Eduardo a nível de chefia. Argh.

Eduardo propõe, então, O Desafio. Os subalternos entreolham-se apavorados. Eduardo apresenta gráficos, lâminas, organogramas e por pouco não coloca na roda o seu eletroencefalograma. É necessário manter todos acordados e cientes da missão da empresa: qualidade, produtividade e agilidade. A reunião ultrapassa vinte minutos do tempo previsto. Só então Eduardo retorna a ligação de Luiz Alfredo.

– Dado, até que enfim!
– Fala, Luiz Alfredo.
– Queria uma opinião sua, tenho um funcionário aqui que aumentou em 14% o faturamento da matriz, o que você acha?
– Eu promoveria na hora e adotaria o método dele nas filiais.
– Falou. Vamos bater uma bola hoje?
– Te pego às oito.
– Fechado.

Jeitos de amar

No livro *Prosa reunida*, de Adélia Prado, encontrei uma frase singela e verdadeira ao extremo. Uma personagem põe-se a lembrar da mãe, que era danada de braba, porém esmerava-se na hora de fazer dois molhos de cachinhos no cabelo da filha para que ela fosse bonita pra escola. "Meu Deus, quanto jeito que tem de ter amor."

É comovente porque é algo que a gente esquece: milhões de pequenos gestos são maneiras de amar. Beijos e abraços às vezes são provas mais de desejo que de amor, exigem retribuição física, são facilidades do corpo. Mas há diversos outros amores podendo ser demonstrados com toques mais sutis.

Mexer no cabelo, pentear os cabelos, tal como aquela mãe e aquela filha, tal como namorados fazem, tal como tanta gente faz: cafunés. Uma amiga tingindo o cabelo da outra, cortando franjas, puxando rabos de cavalo, rindo soltas. Quanto jeito que há de amar.

Flores colhidas na calçada, flores compradas, flores feitas de papel, desenhadas, entregues em datas nada especiais: "Lembrei de você". É esse o único e melhor motivo para crisântemos, margaridas, violetinhas. Quanto jeito que há de amar.

Um telefonema pra saber da saúde, uma oferta de carona, um elogio, um livro emprestado, uma carta respondida, repartir o que se tem, cuidados para não magoar, dizer a verdade quando ela é salutar, e mentir, sim, com carinho, se for para evitar feridas e dores desnecessárias. Quanto jeito que há de amar.

Uma foto mantida ao alcance dos olhos, uma lembrança bem guardada, fazer o prato predileto de alguém e botar uma mesa bonita, levar o cachorro pra passear, chamar pra ver um crepúsculo, dar banho em quem não consegue fazê-lo sozinho, ouvir os velhos, ouvir as crianças, ouvir os amigos, ouvir os parentes, ouvir. Quanto jeito que há de amar.

Rezar por alguém, vestir roupa nova pra homenagear, trocar curativos, tirar pra dançar, não espalhar segredos, puxar o cobertor caído, cobrir, visitar doentes, velar, sugerir cidades, discos, brinquedos, brincar: quanto jeito que há.

Coisa com coisa

É considerado normal uma mãe trocar o nome dos filhos, toda mãe troca: chama a Luíza de Roberta e a Roberta de Luíza, o Bruno de Eduardo e o Eduardo de Bruno. Eu faço a mesmíssima coisa, quando vou chamar uma, digo o nome da outra. Nunca me apavorei com essa disfunção porque toda mãe é assim, a minha trocou a vida toda os nossos nomes: inúmeras vezes fui chamada de Fernando.

Só que minha disfunção foi se sofisticando com o tempo. Comecei a trocar também o nome de outras pessoas. A moça que trabalha na minha casa chama-se Clair e uma de minhas grandes amigas, Clarisse. Troco sempre. Justifica-se: são nomes que começam quase igual. Só que eu dei pra trocar também Karin por Letícia, Ana por Neca, Suzana por Dorinha, e só não troco o nome do meu marido porque eu me concentro muito antes de pronunciá-lo: por mais que ele saiba desse meu defeito crônico, não convém levantar suspeitas.

Estava levando bem, até que certa vez fui lançar meus livros no Rio. No dia seguinte, de volta a Porto Alegre, havia um e-mail de um leitor me esperando na caixa postal. Dizia: "Gostei muito de conhecê-la pessoalmente, mas acho que você me confundiu com algum amigo seu. Você autografou o livro para Marquinhos. E me chamo Romualdo".

Não era possível que eu tivesse escutado mal o nome do cara: Marquinhos e Romualdo sequer rimam. Resolvi achar graça da história, pedir desculpas e seguir como se nada estivesse acontecendo.

As coisas estavam num nível de anormalidade aceitável, até que um dia eu atendi o telefone dizendo "tchau". Razoável, se eu fosse italiana. Como não é o caso, passei a admitir que sou uma pessoa neurologicamente perturbada.

Hoje o quadro clínico é o seguinte: não digo coisa com coisa. Se quero dizer apoteótico, digo apocalíptico. Se quero dizer remendo, digo remédio. Troco termos prosaicos. Prosaico, aliás, é como chamei outro dia uma taça de prosseco, e eu ainda nem havia começado a beber.

Claro que ainda me resta algum controle. Socialmente, engano bem. Consigo entabular uma conversa sem dar vexame. Mas em casa, livre de qualquer patrulha e avaliação crítica, eu deito e rolo: libero as palavras desencaixadas e reinvento meu próprio português informal. Falar é o que menos me importa. Enquanto eu ainda conseguir escrever coisa com coisa, me sustento.

Sobre a autora

Martha Medeiros é colunista dos jornais *Zero Hora* e *O Globo*. De sua autoria, a L&PM Editores publicou os seguintes livros de poesia: *Meia-noite e um quarto* (1987), *Persona non grata* (1991), *De cara lavada* (1995), *Poesia reunida* (1999) e *Cartas extraviadas e outros poemas* (2001); e, de crônicas, *Topless* (1997, Prêmio Açorianos), *Trem-bala* (1999), *Non-stop* (2001), *Montanha-russa* (2003, Prêmio Açorianos e 2º lugar do Prêmio Jabuti), *Coisas da vida* (2005), *Doidas e santas* (2008) e *Feliz por nada* (2011), *Noite em claro* (2012) e *Um lugar na janela – relatos de viagem* (2012). A autora também publicou, pela editora Objetiva, os romances *Divã* (2002), *Selma e Sinatra* (2005) e *Tudo o que eu queria te dizer* (2007).

Coleção **L&PM** POCKET (LANÇAMENTOS MAIS RECENTES)

483. **O melhor do Recruta Zero (1)** – Mort Walker
484. **Aline: TPM – tensão pré-monstrual (2)** – Adão Iturrusgarai
485. **Sermões do Padre Antonio Vieira**
486. **Garfield numa boa (4)** – Jim Davis
487. **Mensagem** – Fernando Pessoa
488. **Vendeta** *seguido de* **A paz conjugal** – Balzac
489. **Poemas de Alberto Caeiro** – Fernando Pessoa
490. **Ferragus** – Honoré de Balzac
491. **A duquesa de Langeais** – Honoré de Balzac
492. **A menina dos olhos de ouro** – Honoré de Balzac
493. **O lírio do vale** – Honoré de Balzac
494(17). **A barcaça da morte** – Simenon
495(18). **As testemunhas rebeldes** – Simenon
496(19). **Um engano de Maigret** – Simenon
497(1). **A noite das bruxas** – Agatha Christie
498(2). **Um passe de mágica** – Agatha Christie
499(3). **Nêmesis** – Agatha Christie
500. **Esboço para uma teoria das emoções** – Sartre
501. **Renda básica de cidadania** – Eduardo Suplicy
502(1). **Pílulas para viver melhor** – Dr. Lucchese
503(2). **Pílulas para prolongar a juventude** – Dr. Lucchese
504(3). **Desembarcando o diabetes** – Dr. Lucchese
505(4). **Desembarcando o sedentarismo** – Dr. Fernando Lucchese e Cláudio Castro
506(5). **Desembarcando a hipertensão** – Dr. Lucchese
507(6). **Desembarcando o colesterol** – Dr. Fernando Lucchese e Fernanda Lucchese
508. **Estudos de mulher** – Balzac
509. **O terceiro tira** – Flann O'Brien
510. **100 receitas de aves e ovos** – J. A. P. Machado
511. **Garfield em toneladas de diversão (5)** – Jim Davis
512. **Trem-bala** – Martha Medeiros
513. **Os cães ladram** – Truman Capote
514. **O Kama Sutra de Vatsyayana**
515. **O crime do Padre Amaro** – Eça de Queiroz
516. **Odes de Ricardo Reis** – Fernando Pessoa
517. **O inverno da nossa desesperança** – Steinbeck
518. **Piratas do Tietê (1)** – Laerte
519. **Rê Bordosa: do começo ao fim** – Angeli
520. **O Harlem é escuro** – Chester Himes
521. **Café-da-manhã dos campeões** – Kurt Vonnegut
522. **Eugénie Grandet** – Balzac
523. **O último magnata** – F. Scott Fitzgerald
524. **Carol** – Patricia Highsmith
525. **100 receitas de patisseria** – Sílvio Lancellotti
526. **O fator humano** – Graham Greene
527. **Tristessa** – Jack Kerouac
528. **O diamante do tamanho do Ritz** – F. Scott Fitzgerald
529. **As melhores histórias de Sherlock Holmes** – Arthur Conan Doyle
530. **Cartas a um jovem poeta** – Rilke
531(20). **Memórias de Maigret** – Simenon
532(4). **O misterioso sr. Quin** – Agatha Christie
533. **Os analectos** – Confúcio
534(21). **Maigret e os homens de bem** – Simenon
535(22). **O medo de Maigret** – Simenon
536. **Ascensão e queda de César Birotteau** – Balzac
537. **Sexta-feira negra** – David Goodis
538. **Ora bolas – O humor de Mario Quintana** – Juarez Fonseca
539. **Longe daqui mesmo** – Antonio Bivar
540(5). **É fácil matar** – Agatha Christie
541. **O pai Goriot** – Balzac
542. **Brasil, um país do futuro** – Stefan Zweig
543. **O processo** – Kafka
544. **O melhor de Hagar 4** – Dik Browne
545(6). **Por que não pediram a Evans?** – Agatha Christie
546. **Fanny Hill** – John Cleland
547. **O gato por dentro** – William S. Burroughs
548. **Sobre a brevidade da vida** – Sêneca
549. **Geraldão (1)** – Glauco
550. **Piratas do Tietê (2)** – Laerte
551. **Pagando o pato** – Ciça
552. **Garfield de bom humor (6)** – Jim Davis
553. **Conhece o Mário?** vol.1 – Santiago
554. **Radicci 6** – Iotti
555. **Os subterrâneos** – Jack Kerouac
556(1). **Balzac** – François Taillandier
557(2). **Modigliani** – Christian Parisot
558(3). **Kafka** – Gérard-Georges Lemaire
559(4). **Júlio César** – Joël Schmidt
560. **Receitas da família** – J. A. Pinheiro Machado
561. **Boas maneiras à mesa** – Celia Ribeiro
562(9). **Filhos sadios, pais felizes** – R. Pagnoncelli
563(10). **Fatos & mitos** – Dr. Fernando Lucchese
564. **Ménage à trois** – Paula Taitelbaum
565. **Mulheres!** – David Coimbra
566. **Poemas de Álvaro de Campos** – Fernando Pessoa
567. **Medo e outras histórias** – Stefan Zweig
568. **Snoopy e sua turma (1)** – Schulz
569. **Piadas para sempre (1)** – Visconde da Casa Verde
570. **O alvo móvel** – Ross Macdonald
571. **O melhor do Recruta Zero (2)** – Mort Walker
572. **Um sonho americano** – Norman Mailer
573. **Os broncos também amam** – Angeli
574. **Crônica de um amor louco** – Bukowski
575(5). **Freud** – René Major e Chantal Talagrand
576(6). **Picasso** – Gilles Plazy
577(7). **Gandhi** – Christine Jordis
578. **A tumba** – H. P. Lovecraft
579. **O príncipe e o mendigo** – Mark Twain
580. **Garfield, um charme de gato (7)** – Jim Davis
581. **Ilusões perdidas** – Balzac
582. **Esplendores e misérias das cortesãs** – Balzac
583. **Walter Ego** – Angeli
584. **Striptiras (1)** – Laerte
585. **Fagundes: um puxa-saco de mão cheia** – Laerte
586. **Depois do último trem** – Josué Guimarães
587. **Ricardo III** – Shakespeare
588. **Dona Anja** – Josué Guimarães
589. **24 horas na vida de uma mulher** – Stefan Zweig
590. **O terceiro homem** – Graham Greene

591. **Mulher no escuro** – Dashiell Hammett
592. **No que acredito** – Bertrand Russell
593. **Odisséia (1): Telemaquia** – Homero
594. **O cavalo cego** – Josué Guimarães
595. **Henrique V** – Shakespeare
596. **Fabulário geral do delírio cotidiano** – Bukowski
597. **Tiros na noite 1: A mulher do bandido** – Dashiell Hammett
598. **Snoopy em Feliz Dia dos Namorados! (2)** – Schulz
599. **Mas não se matam cavalos?** – Horace McCoy
600. **Crime e castigo** – Dostoiévski
601(7). **Mistério no Caribe** – Agatha Christie
602. **Odisséia (2): Regresso** – Homero
603. **Piadas para sempre (2)** – Visconde da Casa Verde
604. **À sombra do vulcão** – Malcolm Lowry
605(8). **Kerouac** – Yves Buin
606. **E agora são cinzas** – Angeli
607. **As mil e uma noites** – Paulo Caruso
608. **Um assassino entre nós** – Ruth Rendell
609. **Crack-up** – F. Scott Fitzgerald
610. **Do amor** – Stendhal
611. **Cartas do Yage** – William Burroughs e Allen Ginsberg
612. **Striptiras (2)** – Laerte
613. **Henry & June** – Anaïs Nin
614. **A piscina mortal** – Ross Macdonald
615. **Geraldão (2)** – Glauco
616. **Tempo de delicadeza** – A. R. de Sant'Anna
617. **Tiros na noite 2: Medo de tiro** – Dashiell Hammett
618. **Snoopy em Assim é a vida, Charlie Brown! (3)** – Schulz
619. **1954 – Um tiro no coração** – Hélio Silva
620. **Sobre a inspiração poética (Íon) e ...** – Platão
621. **Garfield e seus amigos (8)** – Jim Davis
622. **Odisséia (3): Ítaca** – Homero
623. **A louca matança** – Chester Himes
624. **Factótum** – Bukowski
625. **Guerra e Paz: volume 1** – Tolstói
626. **Guerra e Paz: volume 2** – Tolstói
627. **Guerra e Paz: volume 3** – Tolstói
628. **Guerra e Paz: volume 4** – Tolstói
629(9). **Shakespeare** – Claude Mourthé
630. **Bem está o que bem acaba** – Shakespeare
631. **O contrato social** – Rousseau
632. **Geração Beat** – Jack Kerouac
633. **Snoopy: É Natal! (4)** – Charles Schulz
634(8). **Testemunha da acusação** – Agatha Christie
635. **Um elefante no caos** – Millôr Fernandes
636. **Guia de leitura (100 autores que você precisa ler)** – Organização de Léa Masina
637. **Pistoleiros também mandam flores** – David Coimbra
638. **O prazer das palavras** – vol. 1 – Cláudio Moreno
639. **O prazer das palavras** – vol. 2 – Cláudio Moreno
640. **Novíssimo testamento: com Deus e o diabo, a dupla da criação** – Iotti
641. **Literatura Brasileira: modos de usar** – Luís Augusto Fischer
642. **Dicionário de Porto-Alegrês** – Luís A. Fischer
643. **Clô Dias & Noites** – Sérgio Jockymann
644. **Memorial de Isla Negra** – Pablo Neruda
645. **Um homem extraordinário e outras histórias** – Tchékhov
646. **Ana sem terra** – Alcy Cheuiche
647. **Adultérios** – Woody Allen
648. **Para sempre ou nunca mais** – R. Chandler
649. **Nosso homem em Havana** – Graham Greene
650. **Dicionário Caldas Aulete de Bolso**
651. **Snoopy: Posso fazer uma pergunta, professora? (5)** – Charles Schulz
652(10). **Luís XVI** – Bernard Vincent
653. **O mercador de Veneza** – Shakespeare
654. **Cancioneiro** – Fernando Pessoa
655. **Non-Stop** – Martha Medeiros
656. **Carpinteiros, levantem bem alto a cumeeira & Seymour, uma apresentação** – J.D.Salinger
657. **Ensaios céticos** – Bertrand Russell
658. **O melhor de Hagar 5** – Dik e Chris Browne
659. **Primeiro amor** – Ivan Turguêniev
660. **A trégua** – Mario Benedetti
661. **Um parque de diversões da cabeça** – Lawrence Ferlinghetti
662. **Aprendendo a viver** – Sêneca
663. **Garfield, um gato em apuros (9)** – Jim Davis
664. **Dilbert (1)** – Scott Adams
665. **Dicionário de dificuldades** – Domingos Paschoal Cegalla
666. **A imaginação** – Jean-Paul Sartre
667. **O ladrão e os cães** – Naguib Mahfuz
668. **Gramática do português contemporâneo** – Celso Cunha
669. **A volta do parafuso** *seguido de* **Daisy Miller** – Henry James
670. **Notas do subsolo** – Dostoiévski
671. **Abobrinhas da Brasilônia** – Glauco
672. **Geraldão (3)** – Glauco
673. **Piadas para sempre (3)** – Visconde da Casa Verde
674. **Duas viagens ao Brasil** – Hans Staden
675. **Bandeira de bolso** – Manuel Bandeira
676. **A arte da guerra** – Maquiavel
677. **Além do bem e do mal** – Nietzsche
678. **O coronel Chabert** *seguido de* **A mulher abandonada** – Balzac
679. **O sorriso de marfim** – Ross Macdonald
680. **100 receitas de pescados** – Sílvio Lancellotti
681. **O juiz e seu carrasco** – Friedrich Dürrenmatt
682. **Noites brancas** – Dostoiévski
683. **Quadras ao gosto popular** – Fernando Pessoa
684. **Romanceiro da Inconfidência** – Cecília Meireles
685. **Kaos** – Millôr Fernandes
686. **A pele de onagro** – Balzac
687. **As ligações perigosas** – Choderlos de Laclos
688. **Dicionário de matemática** – Luiz Fernandes Cardoso
689. **Os Lusíadas** – Luís Vaz de Camões
690(11). **Átila** – Éric Deschodt
691. **Um jeito tranquilo de matar** – Chester Himes
692. **A felicidade conjugal** *seguido de* **O diabo** – Tolstói
693. **Viagem de um naturalista ao redor do mundo** – vol. 1 – Charles Darwin
694. **Viagem de um naturalista ao redor do mundo** – vol. 2 – Charles Darwin
695. **Memórias da casa dos mortos** – Dostoiévski
696. **A Celestina** – Fernando de Rojas
697. **Snoopy: Como você é azarado, Charlie Brown! (6)** – Charles Schulz

698. **Dez (quase) amores** – Claudia Tajes
699(9). **Poirot sempre espera** – Agatha Christie
700. **Cecília de bolso** – Cecília Meireles
701. **Apologia de Sócrates** *precedido de* **Êutifron** e *seguido de* **Críton** – Platão
702. **Wood & Stock** – Angeli
703. **Striptinas (3)** – Laerte
704. **Discurso sobre a origem e os fundamentos da desigualdade entre os homens** – Rousseau
705. **Os duelistas** – Joseph Conrad
706. **Dilbert (2)** – Scott Adams
707. **Viver e escrever** (vol. 1) – Edla van Steen
708. **Viver e escrever** (vol. 2) – Edla van Steen
709. **Viver e escrever** (vol. 3) – Edla van Steen
710(10). **A teia da aranha** – Agatha Christie
711. **O banquete** – Platão
712. **Os belos e malditos** – F. Scott Fitzgerald
713. **Líbelo contra a arte moderna** – Salvador Dalí
714. **Akropolis** – Valerio Massimo Manfredi
715. **Devoradores de mortos** – Michael Crichton
716. **Sob o sol da Toscana** – Frances Mayes
717. **Batom na cueca** – Nani
718. **Vida dura** – Claudia Tajes
719. **Carne trêmula** – Ruth Rendell
720. **Cris, a fera** – David Coimbra
721. **O anticristo** – Nietzsche
722. **Como um romance** – Daniel Pennac
723. **Emboscada no Forte Bragg** – Tom Wolfe
724. **Assédio sexual** – Michael Crichton
725. **O espírito do Zen** – Alan W.Watts
726. **Um bonde chamado desejo** – Tennessee Williams
727. **Como gostais** *seguido de* **Conto de inverno** – Shakespeare
728. **Tratado sobre a tolerância** – Voltaire
729. **Snoopy: Doces ou travessuras? (7)** – Charles Schulz
730. **Cardápios do Anonymous Gourmet** – J.A. Pinheiro Machado
731. **100 receitas com lata** – J.A. Pinheiro Machado
732. **Conhece o Mário?** vol.2 – Santiago
733. **Dilbert (3)** – Scott Adams
734. **História de um louco amor** *seguido de* **Passado amor** – Horacio Quiroga
735(11). **Sexo: muito prazer** – Laura Meyer da Silva
736(12). **Para entender o adolescente** – Dr. Ronald Pagnoncelli
737(13). **Desembarcando a tristeza** – Dr. Fernando Lucchese
738. **Poirot e o mistério da arca espanhola & outras histórias** – Agatha Christie
739. **A última legião** – Valerio Massimo Manfredi
740. **As virgens suicidas** – Jeffrey Eugenides
741. **Sol nascente** – Michael Crichton
742. **Duzentos ladrões** – Dalton Trevisan
743. **Os devaneios do caminhante solitário** – Rousseau
744. **Garfield, o rei da preguiça (10)** – Jim Davis
745. **Os magnatas** – Charles R. Morris
746. **Pulp** – Charles Bukowski
747. **Enquanto agonizo** – William Faulkner
748. **Aline: viciada em sexo (3)** – Adão Iturrusgarai
749. **A dama do cachorrinho** – Anton Tchékhov
750. **Tito Andrônico** – Shakespeare
751. **Antologia poética** – Anna Akhmátova
752. **O melhor de Hagar 6** – Dik e Chris Browne
753(12). **Michelangelo** – Nadine Sautel
754. **Dilbert (4)** – Scott Adams
755. **O jardim das cerejeiras** *seguido de* **Tio Vânia** – Tchékhov
756. **Geração Beat** – Claudio Willer
757. **Santos Dumont** – Alcy Cheuiche
758. **Budismo** – Claude B. Levenson
759. **Cleópatra** – Christian-Georges Schwentzel
760. **Revolução Francesa** – Frédéric Bluche, Stéphane Rials e Jean Tulard
761. **A crise de 1929** – Bernard Gazier
762. **Sigmund Freud** – Edson Sousa e Paulo Endo
763. **Império Romano** – Patrick Le Roux
764. **Cruzadas** – Cécile Morrisson
765. **O mistério do Trem Azul** – Agatha Christie
766. **Os escrúpulos de Maigret** – Simenon
767. **Maigret se diverte** – Simenon
768. **Senso comum** – Thomas Paine
769. **O parque dos dinossauros** – Michael Crichton
770. **Trilogia da paixão** – Goethe
771. **A simples arte de matar** (vol.1) – R. Chandler
772. **A simples arte de matar** (vol.2) – R. Chandler
773. **Snoopy: No mundo da lua! (8)** – Charles Schulz
774. **Os Quatro Grandes** – Agatha Christie
775. **Um brinde de cianureto** – Agatha Christie
776. **Súplicas atendidas** – Truman Capote
777. **Ainda restam aveleiras** – Simenon
778. **Maigret e o ladrão preguiçoso** – Simenon
779. **A viúva imortal** – Millôr Fernandes
780. **Cabala** – Roland Goetschel
781. **Capitalismo** – Claude Jessua
782. **Mitologia grega** – Pierre Grimal
783. **Economia: 100 palavras-chave** – Jean-Paul Betbèze
784. **Marxismo** – Henri Lefebvre
785. **Punição para a inocência** – Agatha Christie
786. **A extravagância do morto** – Agatha Christie
787(13). **Cézanne** – Bernard Fauconnier
788. **A identidade Bourne** – Robert Ludlum
789. **Da tranquilidade da alma** – Sêneca
790. **Um artista da fome** *seguido de* **Na colônia penal e outras histórias** – Kafka
791. **Histórias de fantasmas** – Charles Dickens
792. **A louca de Maigret** – Simenon
793. **O amigo de infância de Maigret** – Simenon
794. **O revólver de Maigret** – Simenon
795. **A fuga do sr. Monde** – Simenon
796. **O Uraguai** – Basílio da Gama
797. **A mão misteriosa** – Agatha Christie
798. **Testemunha ocular do crime** – Agatha Christie
799. **Crepúsculo dos ídolos** – Friedrich Nietzsche
800. **Maigret e o negociante de vinhos** – Simenon
801. **Maigret e o mendigo** – Simenon
802. **O grande golpe** – Dashiell Hammett
803. **Humor barra pesada** – Nani
804. **Vinho** – Jean-François Gautier
805. **Egito Antigo** – Sophie Desplancques
806(14). **Baudelaire** – Jean-Baptiste Baronian
807. **Caminho da sabedoria, caminho da paz** – Dalai Lama e Felizitas von Schönborn
808. **Senhor e servo e outras histórias** – Tolstói
809. **Os cadernos de Malte Laurids Brigge** – Rilke
810. **Dilbert (5)** – Scott Adams
811. **Big Sur** – Jack Kerouac
812. **Seguindo a correnteza** – Agatha Christie

813. **O álibi** – Sandra Brown
814. **Montanha-russa** – Martha Medeiros
815. **Coisas da vida** – Martha Medeiros
816. **A cantada infalível** *seguido de* **A mulher do centroavante** – David Coimbra
817. **Maigret e os crimes do cais** – Simenon
818. **Sinal vermelho** – Simenon
819. **Snoopy: Pausa para a soneca (9)** – Charles Schulz
820. **De pernas pro ar** – Eduardo Galeano
821. **Tragédias gregas** – Pascal Thiercy
822. **Existencialismo** – Jacques Colette
823. **Nietzsche** – Jean Granier
824. **Amar ou depender?** – Walter Riso
825. **Darmapada: A doutrina budista em versos**
826. **J'Accuse...! – a verdade em marcha** – Zola
827. **Os crimes ABC** – Agatha Christie
828. **Um gato entre os pombos** – Agatha Christie
829. **Maigret e o sumiço do sr. Charles** – Simenon
830. **Maigret e a morte do jogador** – Simenon
831. **Dicionário de teatro** – Luiz Paulo Vasconcellos
832. **Cartas extraviadas** – Martha Medeiros
833. **A longa viagem de prazer** – J. J. Morosoli
834. **Receitas fáceis** – J. A. Pinheiro Machado
835. (14).**Mais fatos & mitos** – Dr. Fernando Lucchese
836. (15).**Boa viagem!** – Dr. Fernando Lucchese
837. **Aline: Finalmente nua!!!** (4) – Adão Iturrusgarai
838. **Mônica tem uma novidade!** – Mauricio de Sousa
839. **Cebolinha em apuros!** – Mauricio de Sousa
840. **Sócios no crime** – Agatha Christie
841. **Bocas do tempo** – Eduardo Galeano
842. **Orgulho e preconceito** – Jane Austen
843. **Impressionismo** – Dominique Lobstein
844. **Escrita chinesa** – Viviane Alleton
845. **Paris: uma história** – Yvan Combeau
846. (15).**Van Gogh** – David Haziot
847. **Maigret e o corpo sem cabeça** – Simenon
848. **Portal do destino** – Agatha Christie
849. **O futuro de uma ilusão** – Freud
850. **O mal-estar na cultura** – Freud
851. **Maigret e o matador** – Simenon
852. **Maigret e o fantasma** – Simenon
853. **Um crime adormecido** – Agatha Christie
854. **Satori em Paris** – Jack Kerouac
855. **Medo e delírio em Las Vegas** – Hunter Thompson
856. **Um negócio fracassado e outros contos de humor** – Tchékhov
857. **Mônica está de férias!** – Mauricio de Sousa
858. **De quem é esse coelho?** – Mauricio de Sousa
859. **O burgomestre de Furnes** – Simenon
860. **O mistério Sittaford** – Agatha Christie
861. **Manhã transfigurada** – L. A. de Assis Brasil
862. **Alexandre, o Grande** – Pierre Briant
863. **Jesus** – Charles Perrot
864. **Islã** – Paul Balta
865. **Guerra da Secessão** – Farid Ameur
866. **Um rio que vem da Grécia** – Cláudio Moreno
867. **Maigret e os colegas americanos** – Simenon
868. **Assassinato na casa do pastor** – Agatha Christie
869. **Manual do líder** – Napoleão Bonaparte
870. (16).**Billie Holiday** – Sylvia Fol
871. **Bidu arrasando!** – Mauricio de Sousa
872. **Desventuras em família** – Mauricio de Sousa
873. **Liberty Bar** – Simenon
874. **E no final a morte** – Agatha Christie
875. **Guia prático do Português correto – vol. 4** – Cláudio Moreno
876. **Dilbert (6)** – Scott Adams
877. (17).**Leonardo da Vinci** – Sophie Chauveau
878. **Bella Toscana** – Frances Mayes
879. **A arte da ficção** – David Lodge
880. **Striptiras (4)** – Laerte
881. **Skrotinhos** – Angeli
882. **Depois do funeral** – Agatha Christie
883. **Radicci 7** – Iotti
884. **Walden** – H. D. Thoreau
885. **Lincoln** – Allen C. Guelzo
886. **Primeira Guerra Mundial** – Michael Howard
887. **A linha de sombra** – Joseph Conrad
888. **O amor é um cão dos diabos** – Bukowski
889. **Maigret sai em viagem** – Simenon
890. **Despertar: uma vida de Buda** – Jack Kerouac
891. (18).**Albert Einstein** – Laurent Seksik
892. **Hell's Angels** – Hunter Thompson
893. **Ausência na primavera** – Agatha Christie
894. **Dilbert (7)** – Scott Adams
895. **Ao sul de lugar nenhum** – Bukowski
896. **Maquiavel** – Quentin Skinner
897. **Sócrates** – C.C.W. Taylor
898. **A casa do canal** – Simenon
899. **O Natal de Poirot** – Agatha Christie
900. **As veias abertas da América Latina** – Eduardo Galeano
901. **Snoopy: Sempre alerta! (10)** – Charles Schulz
902. **Chico Bento: Plantando confusão** – Mauricio de Sousa
903. **Penadinho: Quem é morto sempre aparece** – Mauricio de Sousa
904. **A vida sexual da mulher feia** – Claudia Tajes
905. **100 segredos de liquidificador** – José Antonio Pinheiro Machado
906. **Sexo muito prazer 2** – Laura Meyer da Silva
907. **Os nascimentos** – Eduardo Galeano
908. **As caras e as máscaras** – Eduardo Galeano
909. **O século do vento** – Eduardo Galeano
910. **Poirot perde uma cliente** – Agatha Christie
911. **Cérebro** – Michael O'Shea
912. **O escaravelho de ouro e outras histórias** – Edgar Allan Poe
913. **Piadas para sempre (4)** – Visconde da Casa Verde
914. **100 receitas de massas light** – Helena Tonetto
915. (19).**Oscar Wilde** – Daniel Salvatore Schiffer
916. **Uma breve história do mundo** – H. G. Wells
917. **A Casa do Penhasco** – Agatha Christie
918. **Maigret e o finado sr. Gallet** – Simenon
919. **John M. Keynes** – Bernard Gazier
920. (20).**Virginia Woolf** – Alexandra Lemasson
921. **Peter e Wendy** *seguido de* **Peter Pan em Kensington Gardens** – J. M. Barrie
922. **Aline: numas de colegial (5)** – Adão Iturrusgarai
923. **Uma dose mortal** – Agatha Christie
924. **Os trabalhos de Hércules** – Agatha Christie
925. **Maigret na escola** – Simenon
926. **Kant** – Roger Scruton
927. **A inocência do Padre Brown** – G.K. Chesterton
928. **Casa Velha** – Machado de Assis
929. **Marcas de nascença** – Nancy Huston
930. **Aulete de bolso**
931. **Hora Zero** – Agatha Christie

932. **Morte na Mesopotâmia** – Agatha Christie
933. **Um crime na Holanda** – Simenon
934. **Nem te conto, João** – Dalton Trevisan
935. **As aventuras de Huckleberry Finn** – Mark Twain
936.(21).**Marilyn Monroe** – Anne Plantagenet
937. **China moderna** – Rana Mitter
938. **Dinossauros** – David Norman
939. **Louca por homem** – Claudia Tajes
940. **Amores de alto risco** – Walter Riso
941. **Jogo de damas** – David Coimbra
942. **Filha é filha** – Agatha Christie
943. **M ou N?** – Agatha Christie
944. **Maigret se defende** – Simenon
945. **Bidu: diversão em dobro!** – Mauricio de Sousa
946. **Fogo** – Anaïs Nin
947. **Rum: diário de um jornalista bêbado** – Hunter Thompson
948. **Persuasão** – Jane Austen
949. **Lágrimas na chuva** – Sergio Faraco
950. **Mulheres** – Bukowski
951. **Um pressentimento funesto** – Agatha Christie
952. **Cartas na mesa** – Agatha Christie
953. **Maigret em Vichy** – Simenon
954. **O lobo do mar** – Jack London
955. **Os gatos** – Patricia Highsmith
956.(22).**Jesus** – Christiane Rancé
957. **História da medicina** – William Bynum
958. **O Morro dos Ventos Uivantes** – Emily Brontë
959. **A filosofia na era trágica dos gregos** – Nietzsche
960. **Os treze problemas** – Agatha Christie
961. **A massagista japonesa** – Moacyr Scliar
962. **A taberna dos dois tostões** – Simenon
963. **Humor do miserê** – Nani
964. **Todo o mundo tem dúvida, inclusive você** – Édison de Oliveira
965. **A dama do Bar Nevada** – Sergio Faraco
966. **O Smurf Repórter** – Peyo
967. **O Bebê Smurf** – Peyo
968. **Maigret e os flamengos** – Simenon
969. **O psicopata americano** – Bret Easton Ellis
970. **Ensaios de amor** – Alain de Botton
971. **O grande Gatsby** – F. Scott Fitzgerald
972. **Por que não sou cristão** – Bertrand Russell
973. **A Casa Torta** – Agatha Christie
974. **Encontro com a morte** – Agatha Christie
975.(23).**Rimbaud** – Jean-Baptiste Baronian
976. **Cartas na rua** – Bukowski
977. **Memória** – Jonathan K. Foster
978. **A abadia de Northanger** – Jane Austen
979. **As pernas de Úrsula** – Claudia Tajes
980. **Retrato inacabado** – Agatha Christie
981. **Solanin (1)** – Inio Asano
982. **Solanin (2)** – Inio Asano
983. **Aventuras de menino** – Mitsuru Adachi
984.(16).**Fatos & mitos sobre sua alimentação** – Dr. Fernando Lucchese
985. **Teoria quântica** – John Polkinghorne
986. **O eterno marido** – Fiódor Dostoiévski
987. **Um safado em Dublin** – J. P. Donleavy
988. **Mirinha** – Dalton Trevisan
989. **Akhenaton e Nefertiti** – Carmen Seganfredo e A. S. Franchini
990. **On the Road – o manuscrito original** – Jack Kerouac
991. **Relatividade** – Russell Stannard
992. **Abaixo de zero** – Bret Easton Ellis
993.(24).**Andy Warhol** – Mériam Korichi
994. **Maigret** – Simenon
995. **Os últimos casos de Miss Marple** – Agatha Christie
996. **Nico Demo** – Mauricio de Sousa
997. **Maigret e a mulher do ladrão** – Simenon
998. **Rousseau** – Robert Wokler
999. **Noite sem fim** – Agatha Christie
1000. **Diários de Andy Warhol (1)** – Editado por Pat Hackett
1001. **Diários de Andy Warhol (2)** – Editado por Pat Hackett
1002. **Cartier-Bresson: o olhar do século** – Pierre Assouline
1003. **As melhores histórias da mitologia: vol. 1** – A.S. Franchini e Carmen Seganfredo
1004. **As melhores histórias da mitologia: vol. 2** – A.S. Franchini e Carmen Seganfredo
1005. **Assassinato no beco** – Agatha Christie
1006. **Convite para um homicídio** – Agatha Christie
1007. **Um fracasso de Maigret** – Simenon
1008. **História da vida** – Michael J. Benton
1009. **Jung** – Anthony Stevens
1010. **Arsène Lupin, ladrão de casaca** – Maurice Leblanc
1011. **Dublinenses** – James Joyce
1012. **120 tirinhas da Turma da Mônica** – Mauricio de Sousa
1013. **Antologia poética** – Fernando Pessoa
1014. **A aventura de um cliente ilustre** *seguido de* **O último adeus de Sherlock Holmes** – Sir Arthur Conan Doyle
1015. **Cenas de Nova York** – Jack Kerouac
1016. **A corista** – Anton Tchékhov
1017. **O diabo** – Leon Tolstói
1018. **Fábulas chinesas** – Sérgio Capparelli e Márcia Schmaltz
1019. **O gato do Brasil** – Sir Arthur Conan Doyle
1020. **Missa do Galo** – Machado de Assis
1021. **O mistério de Marie Rogêt** – Edgar Allan Poe
1022. **A mulher mais linda da cidade** – Bukowski
1023. **O retrato** – Nicolai Gogol
1024. **O conflito** – Agatha Christie
1025. **Os primeiros casos de Poirot** – Agatha Christie
1026. **Maigret e o cliente de sábado** – Simenon
1027.(25).**Beethoven** – Bernard Fauconnier
1028. **Platão** – Julia Annas
1029. **Cleo e Daniel** – Roberto Freire
1030. **Til** – José de Alencar
1031. **Viagens na minha terra** – Almeida Garrett
1032. **Profissões para mulheres e outros artigos feministas** – Virginia Woolf
1033. **Mrs. Dalloway** – Virginia Woolf
1034. **O cão da morte** – Agatha Christie
1035. **Tragédia em três atos** – Agatha Christie
1036. **Maigret hesita** – Simenon
1037. **O fantasma da Ópera** – Gaston Leroux
1038. **Evolução** – Brian e Deborah Charlesworth
1039. **Medida por medida** – Shakespeare
1040. **Razão e sentimento** – Jane Austen
1041. **A obra-prima ignorada** *seguido de* **Um episódio durante o Terror** – Balzac
1042. **A fugitiva** – Anaïs Nin

1043. **As grandes histórias da mitologia greco-romana** – A. S. Franchini
1044. **O corno de si mesmo & outras historietas** – Marquês de Sade
1045. **Da felicidade** *seguido de* **Da vida retirada** – Sêneca
1046. **O horror em Red Hook e outras histórias** – H. P. Lovecraft
1047. **Noite em claro** – Martha Medeiros
1048. **Poemas clássicos chineses** – Li Bai, Du Fu e Wang Wei
1049. **A terceira moça** – Agatha Christie
1050. **Um destino ignorado** – Agatha Christie
1051. (26). **Buda** – Sophie Royer
1052. **Guerra Fria** – Robert J. McMahon
1053. **Simon's Cat: as aventuras de um gato travesso e comilão – vol. 1** – Simon Tofield
1054. **Simon's Cat: as aventuras de um gato travesso e comilão – vol. 2** – Simon Tofield
1055. **Só as mulheres e as baratas sobreviverão** – Claudia Tajes
1056. **Maigret e o ministro** – Simenon
1057. **Pré-história** – Chris Gosden
1058. **Pintou sujeira!** – Mauricio de Sousa
1059. **Contos de Mamãe Gansa** – Charles Perrault
1060. **A interpretação dos sonhos: vol. 1** – Freud
1061. **A interpretação dos sonhos: vol. 2** – Freud
1062. **Frufru Rataplã Dolores** – Dalton Trevisan
1063. **As melhores histórias da mitologia egípcia** – Carmem Seganfredo e A.S. Franchini
1064. **Infância. Adolescência. Juventude** – Tolstói
1065. **As consolações da filosofia** – Alain de Botton
1066. **Diários de Jack Kerouac – 1947-1954**
1067. **Revolução Francesa – vol. 1** – Max Gallo
1068. **Revolução Francesa – vol. 2** – Max Gallo
1069. **O detetive Parker Pyne** – Agatha Christie
1070. **Memórias do esquecimento** – Flávio Tavares
1071. **Drogas** – Leslie Iversen
1072. **Manual de ecologia (vol.2)** – J. Lutzenberger
1073. **Como andar no labirinto** – Affonso Romano de Sant'Anna
1074. **A orquídea e o serial killer** – Juremir Machado da Silva
1075. **Amor nos tempos de fúria** – Lawrence Ferlinghetti
1076. **A aventura do pudim de Natal** – Agatha Christie
1077. **Maigret no Picratt's** – Simenon
1078. **Amores que matam** – Patricia Faur
1079. **Histórias de pescador** – Mauricio de Sousa
1080. **Pedaços de um caderno manchado de vinho** – Bukowski
1081. **A ferro e fogo: tempo de solidão (vol.1)** – Josué Guimarães
1082. **A ferro e fogo: tempo de guerra (vol.2)** – Josué Guimarães
1083. **Carta a meu juiz** – Simenon
1084. (17). **Desembarcando o Alzheimer** – Dr. Fernando Lucchese e Dra. Ana Hartmann
1085. **A maldição do espelho** – Agatha Christie
1086. **Uma breve história da filosofia** – Nigel Warburton
1087. **Uma confidência de Maigret** – Simenon
1088. **Heróis da História** – Will Durant
1089. **Concerto campestre** – L. A. de Assis Brasil
1090. **Morte nas nuvens** – Agatha Christie
1091. **Maigret no tribunal** – Simenon
1092. **Aventura em Bagdá** – Agatha Christie
1093. **O cavalo amarelo** – Agatha Christie
1094. **O método de interpretação dos sonhos** – Freud
1095. **Sonetos de amor e desamor** – Vários
1096. **120 tirinhas do Dilbert** – Scott Adams
1097. **124 fábulas de Esopo**
1098. **O curioso caso de Benjamin Button** – F. Scott Fitzgerald
1099. **Piadas para sempre: uma antologia para morrer de rir** – Visconde da Casa Verde
1100. **Hamlet (Mangá)** – Shakespeare
1101. **A arte da guerra (Mangá)** – Sun Tzu
1102. **Maigret na pensão** – Simenon
1103. **Meu amigo Maigret** – Simenon
1104. **As melhores histórias da Bíblia (vol.1)** – A. S. Franchini e Carmen Seganfredo
1105. **As melhores histórias da Bíblia (vol.2)** – A. S. Franchini e Carmen Seganfredo
1106. **Psicologia das massas e análise do eu** – Freud
1107. **Guerra Civil Espanhola** – Helen Graham
1108. **A autoestrada do sul e outras histórias** – Julio Cortázar
1109. **O mistério dos sete relógios** – Agatha Christie
1110. **Peanuts: Ninguém gosta de mim... (amor)** – Charles Schulz
1111. **Cadê o bolo?** – Mauricio de Sousa
1112. **O filósofo ignorante** – Voltaire
1113. **Totem e tabu** – Freud
1114. **Filosofia pré-socrática** – Catherine Osborne
1115. **Desejo de status** – Alain de Botton
1116. **Maigret e o informante** – Simenon
1117. **Peanuts: 120 tirinhas** – Charles Schulz
1118. **Passageiro para Frankfurt** – Agatha Christie
1119. **Maigret se irrita** – Simenon
1120. **Kill All Enemies** – Melvin Burgess
1121. **A morte da sra. McGinty** – Agatha Christie
1122. **Revolução Russa** – S. A. Smith
1123. **Até você, Capitu?** – Dalton Trevisan
1124. **O grande Gatsby (Mangá)** – F. S. Fitzgerald
1125. **Assim falou Zaratustra (Mangá)** – Nietzsche
1126. **Peanuts: É para isso que servem os amigos (amizade)** – Charles Schulz
1127. (27). **Nietzsche** – Dorian Astor
1128. **Bidu: Hora do banho** – Mauricio de Sousa
1129. **O melhor do Macanudo Taurino** – Santiago
1130. **Radicci 30 anos** – Iotti
1131. **Show de sabores** – J.A. Pinheiro Machado
1132. **O prazer das palavras** – vol. 3 – Cláudio Moreno
1133. **Morte na praia** – Agatha Christie
1134. **O fardo** – Agatha Christie
1135. **Manifesto do Partido Comunista (Mangá)** – Marx & Engels
1136. **A metamorfose (Mangá)** – Franz Kafka
1137. **Por que você não se casou... ainda** – Tracy McMillan
1138. **Textos autobiográficos** – Bukowski
1139. **A importância de ser prudente** – Oscar Wilde
1140. **Sobre a vontade na natureza** – Arthur Schopenhauer
1141. **Dilbert (8)** – Scott Adams
1142. **Entre dois amores** – Agatha Christie
1143. **Cipreste triste** – Agatha Christie